Nosotis
80 Jahre
Gesundheit für die Welt

Von Sascha Zeus & Michael Wirbitzky ist bei Bastei Lübbe Taschenbücher lieferbar:

15484 Ich, Arthur, zwei Tickets

Von Sascha Zeus & Michael Wirbitzky ist bei Ehrenwirth lieferbar:

03642 Fieses Mobbing in 11 leichten Lektionen

Dieses Buch erscheint auch als Lübbe Audio

Über den Autor:

Michael Wirbitzky hat Abitur gemacht, Geschichte studiert, Journalist gelernt, Radio moderiert, Frau geheiratet, Kinder gekriegt, glücklich geworden. Nun steht er früh auf und moderiert die *SWR 3-Morningshow* mit Sascha Zeus.

Sascha Zeus holt in der Morningshow für Michael Wirbitzky den Kaffee, schreibt Gags mit ihm und lässt sich im Studio oder auf der Bühne von ihm demütigen. Zeus und Wirbitzky sind Experten für *Firmentagungen*. Als Bespaßer treten sie regelmäßig auf solchen Veranstaltungen auf und haben schon allerhand lustige Begebenheiten erlebt.

Sascha Zeus & Michael Wirbitzky

DIE TAGUNG

Chaos ist Chefsache

BASTEI LÜBBE

BASTEI LÜBBE TASCHENBUCH
Band 60 602

1. Auflage: August 2008

Bastei Lübbe Taschenbücher in der Verlagsgruppe Lübbe

Originalausgabe

Lektorat: Anke Stockdreher/Jan Wielpütz
Titel- und Innenillustrationen: © Mibl Artwork, Frechen
Umschlaggestaltung: Kirstin Osenau
Satz: Textverarbeitung Garbe, Köln
Druck und Verarbeitung: CPI – Ebner & Spiegel, Ulm
Printed in Germany
ISBN 978-3-404-60602-3

Jede Ähnlichkeit mit Lebenden, Toten, Hirntoten oder einfach nur Personen ist bestimmt zufällig. So ist es auch ein Zufall, dass manche Schauplätze und Ereignisse so klingen und beschrieben werden, als seien sie bekannte Schauplätze und Ereignisse.

Wenn Ihnen das schon zu kompliziert ist, sollten Sie gar nicht weiterlesen. Schon das Schreiben war nicht einfach.

»Keiner spielt Gemüse so wie ich!«

Dustin Hoffman in »Tootsie«

Personenverzeichnis

 Abramow, Alexej, russischer Investor

Buchlehner, Wilfried CFO (Finanzvorstand) »Nosotis« 

 Buchler, Eva, Freundin von Alexej Abramow

Chopra, Tungesh, Forschung »Nosotis of India« 

 Dröll, Ulrich, CEO (Vorstandsvorsitzender) »Nosotis«

Enning, Mats, Chef PR-Agentur »EN-Connect« 

 Gossip, Klaus, Kolumnist »Rheinisches Tagblatt«

Krautweiß, Holger, »Nosotis« Außendienst 

 La Rue, Benjamin, Direktor Selina-Hotel

Laumann, Angelika, Interne Kommunikation »Nosotis« 

 Machalit, Julia, Freundin von Mats Enning

Mallinckrott, Hans Bernd von, Firmengründer »Nosotis« 

Olbertshagen, Lutz, Manager und Chef »bikk-media GmbH«

Reichenbacher, Charlie, Bandleader »California Lightning«

Remmler, Günter, »Nosotis« Außendienst

Sani, Sandeep, Forschung »Nosotis of India«

Schneiderspieß, Josef, Häuptling Hunsrück-Mohikaner

Suljanow, Dimitri, Assistent von Alexej Abramow

Weus, Michael, Moderator »Soundantenne FM«

Zirbitzky, Sascha, Moderator »Sound Antenne FM«

Und viele andere

Acht Wochen vor der Tagung

2.8., 11 Uhr, Büro EN-Connect

EN-Connect
events, incentives, weddings
Gendarmenmarkt 4
10117 Berlin

Nosotis Health Care
Interne Kommunikation
z.Hd. Angelika Laumann
Nosotisallee 9
79618 Rheinfelden

Betreff: »Nosotis anniversary days« für den Außendienst

Sehr geehrte Frau Laumann,

bezugnehmend auf unser Kreativ-Meeting am vergangenen Dienstag möchte ich Ihnen folgendes Konzept vorschlagen:

1. Location
Drei Übernachtungen von Donnerstag bis Sonntag im Selina Kur- und Kongresshotel in Bad Lengental, Taunus. Es handelt sich dabei um ein 4-Sterne-Haus. Wie von Ihrem CEO, Doktor Dröll, gefordert, liegt das Haus so ruhig, dass sich die Nosotis-Mitarbeiter voll und ganz auf die Veranstaltung konzentrieren können. Dennoch ist Bad Lengental mehr als das gewünschte »Scheißkaff im Nirgendwo« und bietet wenigstens ein bisschen Zerstreuung. Ein schöner Wellness-Bereich mit Innen- und Außenpool, zwei Tennisplätze und ein Gym sind im Hotel ebenso vorhanden wie eine schöne Kamin-Lounge mit spektaku-

lärem Blick über die bewaldeten Hügel des Taunus. Den Wunsch, die Bar nicht erst um 2 Uhr zu schließen, sondern schon um 23 Uhr, habe ich an das Hotel weitergeleitet. Es sollte kein Problem sein, wenn wir wirklich alle 310 Zimmer des Hauses buchen. Dieses Kontingent ist bis kommenden Dienstag optioniert. Besonders attraktiv ist, dass wir den Kongresssaal umsonst nutzen könnten. Er soll nämlich nach unserer Veranstaltung modernisiert werden.

2. Catering

In der Anlage finden Sie das Angebot des Selina Hotels. Es handelt sich im Wesentlichen um zwei kalt-warme Buffets mit servierter Vor- und Nachspeise. Das 5-Gänge-Menü am Samstagabend dagegen wird komplett serviert, was für einen feierlichen Rahmen bei der Ehrung der langjährigen Mitarbeiter sorgen sollte. Apropos Ehrung, versuchen Sie doch Herrn Doktor Dröll zu überzeugen, dass ein Nosotis-Kunststoffkugelschreiber kein sehr charmantes Give-away für einen solchen Jubiläumsabend ist. Was das Buffet am Eröffnungsabend angeht: Der Taunustopf mit frischen Waldpilzen und gesottenem Schwartenmagen dürfte wohl nicht jedermanns Sache sein, das sollten wir tauschen. Nach meiner Erfahrung mit anderen Veranstaltungen dieser Art weiß ich, dass Außendienstmitarbeiter sich auch über ein klassisches paniertes Schnitzel mit Pommes Frites freuen. Und zwar jeden Abend. Wir sollten es also zumindest einmal anbieten. Auf das angebotene Amuse-Gueule zum Auftakt des 5-Gänge-Menüs könnten wir aus zwei Gründen verzichten. Zum einen finde ich den Preis überzogen (Punkt 17 der Anlage), zum anderen ersparen wir uns witzige Bemerkungen wie »Was ist das denn? Hat mal jemand 'ne Lupe?«. Den Punkt »Kaffee und Digestif« würde ich hingegen auf keinen Fall einsparen.

3. Tagung

Der Seminar- und Infoteil erstreckt sich ja – wie besprochen – über zwei Tage. Also freitags und samstags von 7 Uhr 45 bis 18 Uhr 30. Ich muss gestehen, dass sich mir immer noch nicht erschließt, warum bei einer Jubiläumsfeier ein derart großer Arbeitsteil eingeplant wird. Wie auch immer, der Kongresssaal sollte für unseren Bedarf optimal sein. Die Technik ist nicht auf dem allerneusten Stand, aber voll funktionstüchtig, wurde mir versichert. Da die Beschallungsanlage irreparabel ist, habe ich eine Soundfirma beauftragt. Sie wird dann auch die Beschallung für das abendliche Entertainmentprogramm und die anschließende Disco übernehmen.

Ich muss zugeben, dass ich beim Überfliegen der Anmeldungen doch ein bisschen über die große Zahl der Raucher unter Ihren Außendienstmitarbeitern gestaunt habe. Sollten es wirklich 240 von 310 sein, müssen wir wohl mehrere Rauchpausen einplanen und vor einem Seitenausgang ein Raucherzelt als Schlechtwetteroption aufbauen.

4. Feier

Eins vorweg, ich teile nicht die Meinung von Doktor Dröll, dass »irgendeine Käsekuchen-Kapelle mit karierten Westen« als Abendunterhaltung für den Samstag ausreicht. Ganz im Gegenteil, dem Renommee der Firma Nosotis entsprechend sollten wir hier wirklich klotzen statt kleckern. Wenn wir zum Beispiel für die abendliche Moderation einen Fernsehmoderator wie Johannes B. Kerner oder Kai Pflaume gewinnen könnten, wäre der Abend schon allein deswegen ein Erfolg. Und mit Hilfe einer kleinen Indiskretion könnte man zumindest die lokale Presse für unser Event begeistern. Dank meiner guten Kontakte zum

Musikbusiness könnte ich mir auch einen Showact mit Nena vorstellen. Mir wurde versichert, dass sie eine sympathische Künstlerin ist, bescheiden und trotz der großen Erfolge sehr natürlich. Ich habe auch bei der Agentur des bekannten holländischen Illusionisten Hans Klock angefragt, ob er vielleicht an diesem Abend Zeit hätte. Für den späteren Abend sehe ich entweder einen guten DJ oder die hervorragende Coverband »California Lightning« aus Niederzissen, die könnten sich den Abend noch freischaufeln. Letztlich ist natürlich alles eine Frage des Preises.

5. Kalkulation
Anbei finden Sie eine Aufstellung der zu erwartenden Kosten. Das ist natürlich ein living document, das uns jede Menge Gestaltungsspielraum lässt.

Da die Zeit ein bisschen drängt, wäre es schön, wenn Sie die entsprechenden Punkte möglichst bald mit Doktor Dröll besprechen könnten. Sie erreichen mich auch spätabends noch unter den bekannten Nummern.

Mit freundlichem Gruß,
Mats Enning

***EN-Connect** events, incentives, weddings.*
Gendarmenmarkt 4, 10117 Berlin.
Fon: 0700 21 31 04. Fax: 0700 21 31 05. Mail: Info@EN-Connect.dt

2.8., 11 Uhr 30, Büro EN-Connect

»Ja, guten Tag, Enning hier noch mal. Ich rufe wegen der Visitenkarten an. Jetzt sind es dann schon vierzehn Tage. Ich brauch die Dinger … Nein, ich habe sie noch nicht, sonst würde ich ja nicht anrufen. Ja, ich warte … Was heißt hier längst ausgeliefert? Wohin denn? … Berlin? Ach so, verstehe … Ja, stimmt, Gendarmenmarkt 4 ist eine Weinhandlung … Ich hatte als Lieferadresse aber doch den Spatzenweg 3 in Montabaur angegeben … Genau, da ist mein Büro. In Berlin ist nur … äh … wie soll ich sagen? Das ist doch jetzt auch gar nicht so wichtig, schicken Sie die Karten nach Montabaur. Bitte so schnell wie möglich … Ja, mir tut es auch leid. Schon gut. Wiederhören.« Deppen.

2.8., 11 Uhr 33, Anrufbeantworter von Julia Machalit

`»Hallo, keiner da, aber ich freue mich über eine Nachricht nach dem Pieps.«`

Piep.

»Zum Teufel, Julia! Was soll denn das? Ich weiß genau, dass du da bist. Jetzt geh halt ran! Ich hab doch schon gesagt, dass es mir leid tut. Soll ich vielleicht auf Knien vor dir rumrutschen? Meinetwegen. Rutsch, rutsch. Und noch mal rutsch. Ist jetzt gut? Und was soll das eigentlich mit dieser bescheuerten SMS: »Du hast mich nie wirklich geliebt«? Du liebes bisschen. Merkst du denn nicht, dass ich im Moment andere Sorgen habe? Diese Nosotis-Sache ist halt wichtig für mich. Die Bank hat schon durchgeladen. Du willst doch auch keinen Loser an deiner Seite haben.

Jetzt komm schon, wenn dein Bruder das nächste Mal heiratet, komm ich auch mit ... Ne, das war jetzt blöd. Tschuldigung. Ach verdammt, ich hab dich doch so ...«

Piep

»Hey, vielen Dank für den Anruf. Sobald ich wieder da bin, rufe ich zurück.«

2.8., 16 Uhr, Büro von Doktor Ulrich Dröll, Geschäftsführer (CEO) Nosotis AG

»Setzen Sie sich, Angie. Ich hab mir das Angebot von diesem Agentur-Fuzzi durchgelesen. Erstens: Es gibt Kugelschreiber. Punkt. Zweitens: Es gibt nichts anderes. Drittens: Mit den Schnitzeln hat er recht. Also Schnitzel satt, jeden Abend. Und jetzt ganz wichtig: Wenn er die Zimmer bucht, soll er nicht die Suite für A.A. vergessen. Was noch? Dieser Kongresssaal scheint ein abgewracktes Loch zu sein. Sei´s drum, wird eh ein Tränenpalast. Hübsche Bluse.«

»Ist ein Kleid.«

»Egal, hübsch. Und jetzt eine klare Ansage vom großen Doktor Dröll: Von wegen Kerner und so. Solange ich hier die Füße auf den Tisch lege, wird kein müder Cent für irgendeine Fernsehschwuchtel ausgegeben, die halbbesoffen durch den Abend nuschelt. Gestrichen. Und diesen holländischen Tulpenknicker mit seinem Zauberstab kann er sich auch wohin stecken. Ich will da was Lustiges, irgendwelche Clowns. Ha, ha und weg. Muss auch keiner kennen. Was noch? DJ, Band okay, muss aber billig sein. Nena? Um Gottes willen! Die hab ich schon vor zwanzig Jahren gehasst. Das war´s … Stopp! Wann kommt der Flieger aus Moskau?«

»Morgen, 8 Uhr 30«

»Schicken Sie einen Wagen. Und dieses blonde Gerät aus der PR-Abteilung soll mit zum Flughafen.«

»Ich kümmere mich drum.«

»Nena … Um Gottes willen!«

3.8., 8 Uhr, Büro von Angelika Laumann, Interne Kommunikation Nosotis AG

Nosotis Health Care
Interne Kommunikation
Angelika Laumann
Nosotisallee 9
79618 Rheinfelden

EN-Connect
events, incentives, weddings
Gendarmenmarkt 4
10117 Berlin

Betreff: »Nosotis anniversary days« für den Außendienst

Sehr geehrter Herr Enning,

vielen Dank für Ihr Angebot. Ich hatte gestern ein sehr kreatives und fruchtbares Meeting mit Doktor Dröll.

Das Wichtigste vorweg: Das Konzept überzeugt ihn. In den Details gibt es jedoch einige Änderungswünsche. Doktor Dröll schätzt beispielsweise Nena als große Künstlerin, denkt aber, dass ihre Performance möglicherweise zu anspruchsvoll für den Abend sein könnte. Auch der Illusionist Hans Klock ist nicht so zielgruppenaffin, wie wir es uns wünschen. Wir können unseren Mitarbeitern nach zwei harten Seminartagen kein Programm bieten, das nochmals ihre volle Aufmerksamkeit erfordert. Um es salopp zu formulieren, da werden erschöpfte Kollegen sitzen, die ein Kleid nicht mehr von einer Bluse unterscheiden können. Lassen Sie uns nach etwas Leichtem suchen, etwas Positivem, Spaßigem. Unser ComOps-Team (Commercial Operations) tritt seit einigen Jahren bei Betriebsfeiern als Männerballett auf, wir haben da immer sehr viel Spaß. Wäre das vielleicht eine Option? Ein zentraler Punkt – auch in Ihrem Angebot – ist natürlich die Frage: Wer führt durch den Abend? Ihr Vorschlag Johannes B. Kerner anzufragen hat hier zunächst große Begeisterung ausgelöst. Bei genauerem Nachdenken sind wir aber noch auf eine andere, integrativere Lösung gekommen. Warum schlagen wir nicht zwei Fliegen mit einer Klappe? Indem wir einen Moderator/Comedian suchen, der gleichzeitig durch den Abend führt und lustig ist. Bezahlbar sollte er freilich auch sein. Aber das gilt natürlich auch für die Band und den DJ. Was die Kugelschreiber angeht: Ob Sie es glauben oder nicht, die sind ein must have für jeden Nosotis-Mitarbeiter. Ein besseres Give-away werden wir schwerlich finden.

Die Auswahl des Hotels hat uns übrigens sehr begeistert. Berücksichtigen Sie bitte bei der Buchung, dass wir neben den Doppelzimmern für die Mitarbeiter auch noch drei Suiten für unsere zwei Vorstände und einen Geschäftspartner aus dem Ausland benötigen.

Zur Detailabsprache sollten wir uns unbedingt noch mal persönlich treffen. Doktor Dröll und ich sind nächsten Mittwoch in Berlin, wir haben da ein Business-Lunch. Vielleicht könnten wir uns danach in Ihrem Büro am Gendarmenmarkt treffen. Da Doktor Dröll ab 19 Uhr bei einem Empfang ist, hätte ich auch abends Zeit. Haben Sie vielleicht Lust, mir Berlin zu zeigen?

Mit freundlichen Grüßen,
Angelika Laumann

Interne Kommunikation Nosotis AG

P.S. Schnitzel ist super. Jeden Abend.

3.8., 8 Uhr 4, 33.000 Fuß über St. Wendel, Saarland

»Dimitri!«

»Was gibt, Alexej?«

»Wo ist Eva?«

»Schläft.«

»Ah. Dimitri!«

»Was gibt, Alexej?«

»Da unten, was ist das?«

»Ist Saarland.«

»Gefällt mir. Kaufen.«

3.8., 9 Uhr 30, Mailbox von Mats Enning

`»Guten Tag. Sie sind mit EN-Connect in Berlin verbunden. Alle unsere Mitarbeiterplätze sind zur Zeit belegt. Hinterlassen Sie bitte eine Nachricht, wir rufen zurück. Hello, this is EN-Connect in Berlin. We are busy at the moment. Please leave a message after the beep.«`

Piep

»Julia. Hier hast du deinen Rückruf. Warum gehst du nicht dran? Wir müssen reden, Mats. Ich bin echt stinksauer. Morgen Abend im Il Punto, um 7, oder kannst du da auch nicht?«

Piep

3.8., 13 Uhr Ortszeit, Nosotis of India Ltd, Bhavnagar, Indien

»Sandeep, was ist da los?«

»Ich weiß nicht, Tungesh, nur Shiva weiß.«

»Lass Shiva aus dem Spiel. Wir haben da Mist gebaut. Müssen wir Germany anrufen?«

»Eigentlich ja. Eigentlich nein. Vielleicht ist es nur Schicksal. Wir warten die anderen Reihen ab.«

»Ich habe kein gutes Gefühl, Sandeep.«

»Ich auch nicht, Tungesh. Weißt du was? Wir essen erst mal was.«

4.8., »Rheinisches Tagblatt«, Panoramaseite

Zwischen Platinschmuck und Platinkreditkarte

Wie Russen Baden-Baden leer kaufen

Von unserem Beobachter Klaus Gossip

»Die Russen kommen!« ist ein uns allen bekannter Satz aus dem Kalten Krieg. Nun, der Kalte Krieg ist vorbei, und die Russen sind längst da. Zum Beispiel in Baden-Baden, der mondänen Kurstadt am Fuße des Schwarzwalds. Neben dem gemütlich heiteren Badisch spricht und hört man dort vor allem russische Töne. Nicht jeder hier ist gleichermaßen erfreut darüber, aber die Hotellerie, die Gastronomie und die Einzelhändler sind begeistert ob der solventen Gäste.

Immer mehr russische Geschäftsleute und Touristen bringen Geld in die Stadt. Viel Geld. Ich selbst war Zeuge einer jener typischen Einkaufstouren russischer Gäste.

Ein Geschäftsmann, Mitte dreißig vielleicht, mit edlem Kaschmirmantel und bemerkenswert dunkler Sonnenbrille, schlendert mit einer selbst durch die Sonnenbrille sehr blonden Begleiterin durch die Stadt. Vor einem Bistro wird kurzerhand eine Flasche Champagner bestellt, und zwischen den beiden entwickelt sich jenes Rollenspiel, wie wir es auch hierzulande kennen. Sie gibt ihm sinngemäß zu verstehen, dass sie nichts, aber auch gar nichts anzuziehen habe. Und in der Tat ist es auch eher wenig, was sie am Körper trägt. Er reagiert gelassen amüsiert und zieht mit lässiger Geste eine Lederbörse voller Gold- und Platinkreditkarten aus dem Jackett. Sie nimmt eine Handvoll, haucht ihm noch einen Kuss auf die Wange und verschwindet in den örtlichen Nobelboutiquen.

Der Umsatz stimmt also hier wie dort, auch wenn viele Russen nicht unbedingt durch gutes Benehmen auffallen. Herablassendes oder gar vulgär wirkendes Verhalten wird jedoch so mancherorts durch ein 50-Euro-Trinkgeld erträglicher.

Spätestens an dieser Stelle ist es an der Zeit klarzustellen, dass der Verfasser dieser Zeilen keinerlei Neid oder gar Groll gegenüber Menschen dieses Schlages hegt. Dennoch muss es erlaubt sein, nach den scheinbar nie versiegenden Quellen dieses plötzlichen Reichtums zu fragen. Schließlich ist in unseren Breiten die Zahl zwanzigjähriger Multimillionäre nicht annähernd so hoch wie im früheren Zarenreich. Und wenn – wie kürzlich geschehen – der russische Oligarch Alexej Abramow mit seinem Privatjet einfliegt, um mal eben mit einem Koffer voller Bargeld ein traditionsreiches 5-Sterne-Hotel zu kaufen, muss man sich fragen, welchen Wert die erworbenen Dinge für jemanden haben, der alles und jeden aus der Portokasse bezahlen kann.

Im Falle des Hotels jedenfalls zeigte sich rasch, dass der Käufer mit der Geschichte des Hauses nicht viel zu schaffen hatte. Das erst vor zehn Jahren errichtete Gästehaus wurde kurzerhand abgerissen und das Grundstück als teure Gewerbeimmobilie verkauft. Auch ein Stück des dazugehörenden Kurparks wird im kommenden Jahr bebaut werden. Dass darüber hinaus mittlerweile 30 Prozent der Hotelangestellten gekündigt wurde, spricht ebenfalls eine deutliche Sprache.

Wie man hört, ist der Appetit des Herrn Abramow damit aber noch lange nicht gestillt. Er soll am Erwerb großer Industrieunternehmen interessiert sein, wobei die Branche offenbar keine Rolle spielt. Und der Preis wohl auch nicht.

So bleibt uns denn am Ende die Hoffnung, dass sich zu Reichtum und Konsumfreudigkeit unserer russischen Freunde auch Verantwortung und Menschlichkeit gesellen. Damit wir auch in Zukunft sagen können: »Willkommen Towaritschi!«

4.8., 8 Uhr, Büro von Angelika Laumann, Interne Kommunikation Nosotis AG

»Laumann, Kommunikation!«

»Hallo, Frau Laumann, hier ist Mats Enning.«

»Hallo, Herr Enning. Das ist aber schön, dass Sie anrufen. Haben Sie mein Fax gekriegt?«

»Ja. Alles klar so weit. Was Moderation und Unterhaltung angeht, bin ich allerdings noch ein bisschen am Grübeln.

Was anderes: Ausgerechnet nächsten Mittwoch bin ich gar nicht in Berlin. Ich bin die ganze Woche unterwegs und muss ein paar Kunden kontakten. Ich hätte aber zwei Stündchen am frühen Nachmittag. Wir könnten uns am ICE-Bahnhof in Montabaur treffen, wo ich umsteige. Das ist ja nicht so wahnsinnig weit von Ihnen.«

»Schade, wir wären gerne mal vorbeigekommen, Gendarmenmarkt ist ja echt ´ne Topadresse. Wir hätten auch ein Fläschchen Wein mitgebracht. Und abends hätte ich mir was Nettes für Sie angezogen.«

»Ja wirklich schade. Vielleicht ein andermal.«

»Ja, würde mich sehr freuen. So. Ich schau mal in meinen Timer … Mittwoch geht bei mir. Aber ich muss das erst mit Doktor Dröll klären.«

»Kein Thema. Wir telefonieren.«

»Ja. Ich hab´s auf dem Schirm. Ich melde mich. Wiederhören Herr Enning!«

»Wiederhören!«

4.8., 8 Uhr 30, Büro von Doktor Ulrich Dröll, Geschäftsführer (CEO) Nosotis AG

»Krchrrr … Herr Doktor Dröll … Krchrrrr … Herr Doktor Buchlehner wäre dann da!«

»Schicken Sie ihn rein, Schüsschen.«

»Wilfried, schön, dass du da bist. Hast du irgendwas aus Indien gehört?«

»Schon, aber nur so ein kryptisches Fax mit dem üblichen Shiva-Mist. Hier: ›zu Händen Herrn Doktor Wilfried Buchlehner, Finanzvorstand Nosotis … bla, bla, bla … Wo ist es denn? Ah, hier … können wir Ihnen leider noch keine Ergebnisse unserer Testreihen übermitteln. Die bisherigen Stichproben haben jedenfalls deutlich andere Ergebnisse als erwartet gezeigt. Shiva weiß warum. Sobald wir … bla, bla, bla.‹«

»Wilfried, was soll das heißen: ›deutlich andere Ergebnisse‹?«

»Keine Ahnung. Ich verstehe es auch nicht. Gerade in Bhavnagar hat bisher immer alles geklappt. Die wenigsten Produktionsausfälle, der geringste Krankenstand, kein einziger Rückruf.«

»Wir brauchen die Zulassung für BMM02. Der Russe steht in einer Stunde auf der Matte, wir müssen irgendwas Handfestes liefern. Und wir müssen uns endlich den Alten vorknöpfen.«

»Der Alte. Sollen wir eine Münze schmeißen, wer´s macht?«

»Krchrrr … Herr Doktor Dröll, die Kugelschreiber-Muster sind da … Krchrrr.«

»Zur Hölle mit diesen Scheißdingern, Schüsschen. Suchen Sie den billigsten aus und fertig. Aber zuerst verbinden Sie mich mit den Shivas, aber zack!«

4.8., 13 Uhr 4 Ortszeit, Nosotis of India Ltd, Bhavnagar, Indien

»Welcome to Nosotis of India. You are speaking to Rajeev. May I help …«

»Ja, ja. Dröll hier, big boss from Germany. I like to talk to Sandeep Sani.«

»Oh Mister Boss. It is a pleasure for me. I like germany. It is so beautiful.«

»Ja, manchmal. Und jetzt hätte ich gerne den Sani aus der Entwicklung.«

»Mister Sani ist zusammen mit Mister Copra beim Essen für Mittag.«

»Und wann kommt er wieder?«

»Nur Shiva weiß.«

»Ja, aber Shiva hat kein Telefon, zum Teufel. Sani und Copra sollen mich sofort anrufen, wenn sie wieder da sind. Sofort.«

»Ja, ich sage. Bye, bye, big Boss.«

4.8., 19 Uhr 30, Trattoria Il Punto

»Und, wie ist deins?«

»Lecker. Magst du mal …?«

»Ja gerne. Mhmmm, molto bene! Könnte aber heißer sein. Magst du mal von mir?«

»Ne danke, du weißt doch, dass ich keine Pilze mag.«

»Salute!«

»Ja, zum Wohl … Essen wir erst, oder streiten wir uns direkt?«

»Ich will mich nicht mit dir streiten, Julia. Und ich kann nur noch mal sagen, es tut mir leid mit der Hochzeit von deinem Bruders. Diese Nosotis-Tagung sollte ja erst an einem anderen Wochenende stattfinden. Ich kann auch nichts dafür, dass die das vorgezogen haben.«

»Ach, es ist doch immer irgendwas. Das Wochenende in Florenz, ein halbes Jahr geplant … und dann sagst du ab, weil irgendein Autohaus einen Familientag organisiert haben will.«

»Das ist nicht irgendein Autohaus, die haben drei Filialen.«

»Ach hör doch auf! Da braucht doch nur irgendwer anzurufen, und Mats Enning springt sofort.«

»Das ist doch Quatsch, Julia …«

Tüdelüdelüdelüd

»… ich kann … oh, mein Handy. Da muss ich mal ran.«

»Natürlich. Könnte ja irgendein Imkerverein sein, der ein Wettsaufen organisiert haben will …«

Tüdelüdelüdelüd

»… ist doch egal, wer anruft. Ich bin dir einfach nicht wichtig. Und meine Familie schon gar nicht.«

Tüdelüdelüdelüd

»Julia, nicht jetzt. Das könnten diese Nosotis-Leute sein. Das ist der dickste Auftrag, den ich bisher hatte. Ich bin nun mal nicht die Monster-PR-Agentur, die es sich leisten kann, fette Jobs abzusagen.«

Tüdelüdelüdelüd

»Wenn du jetzt rangehst, gehe ich! Das ist kein Witz.«

»…«

»…«

Tüdelüdelüdelüd

»Julia! Bitte!«

»Ich gehe!«

»… Aufgelegt. Jetzt ist eh zu spät.«

»Signora! Signore! Sie sind so eine wunderbare Paar! Isse gut? Smeckt? Is ganz frisch, nur für meine beste Gäste!«

»Ja, sehr lecker, Silvio, danke.«

»Is auch nix zu heiß?«

»Nein, ist nicht zu heiß.«

5.8., 9 Uhr 20, Rezeption des Selina Kur- und Kongresshotels

von: direktion@selinahotel.dt
an: tomahawk@hunsrück.dt

betreff: powwow vom 28.9. bis zum 30.9.

Sehr geehrter Herr Schneiderspieß,

das Team des Selina Kur- und Kongresshotels freut sich, dass sich Ihre Hunsrück-Mohikaner auch in diesem Jahr für unser Haus entschieden haben. Wie immer werden wir dafür sorgen, dass Sie sich bei Ihrem

jährlichen Powwow rundherum wohl fühlen. Da Ihre Anmeldung leider recht spät kommt, können wir Ihnen allerdings nicht den großen Kongresssaal anbieten, dort steht eine große Renovierung an. Schon im vergangenen Jahr hatten Sie ja zu Recht bemängelt, dass es durch die Decke regnet und die Heizung nicht richtig funktioniert. Wir möchten Ihnen stattdessen den leider etwas kleineren Schinderhannes-Saal im Gästehaus anbieten. Auch was die Zimmer angeht, können wir Ihnen nicht das übliche Kontingent anbieten, da unser Haupthaus komplett für eine große Tagung des Pharma-Riesen »Nosotis« gebucht ist. Wir möchten Ihnen aber im Gästehaus drei Achtbettzimmer anbieten und außerdem weitere 15 Doppelzimmer in unserem Partnerhaus Sodenbacher Hof, wo vier der Zimmer über Dusche und WC verfügen.
Der Sodenbacher Hof liegt verkehrsgünstig direkt gegenüber dem Güterbahnhof im acht Kilometer entfernten Sodenbach.
Ansonsten aber kann Ihre Veranstaltung wie gewohnt stattfinden. Wegen der Nosotis-Tagung werden Sie aber sicher Verständnis dafür haben, dass wir diesmal in der Hotellobby keinen Marterpfahl aufstellen können. Auch Ihr traditioneller Regentanz im Spa-Bereich muss aus diesem Grund leider ausfallen. Wenn das Wetter mitspielt, können wir Ihre Aktivitäten vielleicht auf unsere stillgelegte Minigolfanlage verlegen.

Wir hoffen, dass Ihnen unser Angebot zusagt, und freuen uns, Sie Ende September in unserem Haus begrüßen zu dürfen.

Mit freundlichen Grüßen und einem kernigen »How«,

Benjamin La Rue

Direktor

5.8., 10 Uhr 15, Büro EN-Connect

@

von: info@en-connect.dt
an: c.lightning@lowcostmail.dt

betreff: Nosotis-Gig

Lieber Charlie Reichenbacher,
der Nosotis-Auftritt steht. Ich brauche Ihre Band am Samstag den 29. September. Ihr Auftritt ist nach dem Abendessen und dem Comedyact. Das heißt, ab 22 Uhr sollten Sie standby sein. Wenn ich 22 Uhr sage, meine ich das übrigens auch. Ich bin nicht nachtragend, aber so einen Auftritt wie der im Autohaus, bei dem Sie geschlagene zwei Stunden zu spät auftauchten und Ihr Bassist in Abschiebehaft saß, möchte ich nicht mehr erleben.
Mit welchen Kosten muss ich – auch vor dem Hintergrund dieser Peinlichkeit – rechnen?

Ich sag es lieber direkt: Nosotis hat für den Musikpart nicht viel Geld eingeplant. Schnell noch ein Wort zum Repertoire: Es ist eine Tagung mit Feier für Außendienstmitarbeiter. Im Klartext: Wir haben es hier mit harten Trinkern zu tun, die sich jeden Abend nach acht Stunden Tagung bis zur Zungenwurzel zuschütten werden. Da ist es am besten, Sie kommen mit Klassikern von Wolfgang Petry um die Ecke. Oder auch so Sachen wie »Y.M.C.A.«, »I will survive« etc. Also eher so die Mitgrölnummern.

Eine rasche Antwort wegen des Preises wäre schön.

Gruß,
Mats Enning

5.8., 10 Uhr 30, Büro von Doktor Ulrich Dröll, Geschäftsführer (CEO) Nosotis AG

»Krchrrr … Herr Doktor Dröll … Krchrrrr … Herr Doktor Buchlehner wäre dann da!«

»Schicken Sie ihn rein, Schüsschen.«

»Hallo, Ulrich!«

»Give me five, Wilfried, das ist ja noch mal gut gegangen. Abramow ist immer noch heiß.«

»Ja, aber warum? Weil wir ihn schlicht und ergreifend angelogen haben. Das ist gefährlich, Ulrich.«

»Das ganze Ding ist gefährlich. Solange wir dem Alten sein Paket nicht abgeschwatzt haben, gibt es eh nichts, was wir Abramow geben könnten. Auf jeden Fall scheint er uns zu vertrauen. Bei seiner Freundin bin ich mir da nicht so sicher.«

»Ich wusste nicht, dass diese Eva eine Deutsche ist, und ganz schön hübsch.«

»Und ganz schön schlau. Zum Thema Indien hat sie die richtigen Fragen gestellt.

Trotzdem Wilfried, der Zeitplan bleibt. Abramow muss am 29. September bei der Tagung unterschreiben.«

»Ich fliege heute Nachmittag nach Bhavnagar. Ich will jetzt wissen, was da los ist.«

»Sehr gut. Und ich fahre morgen zum Alten nach Zürich.«

5.8., Aushang in der Seniorenresidenz Bella Vista, Zürich

Liebe Senioren,

das bringt der Tag:

7 Uhr: Nach dem Frühstück treffen wir uns zur Morgengymnastik auf der Rütliterrasse. Rollstuhlfahrer nehmen bitte den Weg durch die Wäscherei und dann den Fahrstuhl in den dritten Stock.

9 Uhr: Schwester Hedwig liest aus »Jim Knopf und Lukas der Lokomotivführer«.

11 Uhr Mittagessen:
Kohlrabicremesüppchen Luzerner Art
Püriertes Rumpsteak mit Kartoffelbrei und Stampfkarotten.
Milchbrei mit Zimt und Apfelmus

12 Uhr bis 14 Uhr: Mittagsruhe

14 Uhr bis 16 Uhr: Promenadenkonzert mit dem Rütliquintett in der Konzertmuschel. Rollstuhlfahrer nehmen bitte nicht den Weg durch den Residenzgarten, sondern fahren mit dem Fahrstuhl in die Tiefgarage und dann weiter über die Rampe.

16 Uhr bis 17 Uhr: Besuchszeit

17 Uhr Abendessen:
Kartoffelcremesüppchen Berner Art
Forellen-Hachee mit Kartoffelbrei und Stampfkarotten
Griesbrei mit Zimt und Pflaumenmus

19 Uhr: Die am schwarzen Brett von Major Wolfberg angekündigte Lesung aus »Mein Kampf« muss auf Wunsch der Heimleitung entfallen. Stattdessen liest Schwester Hedwig aus »Hanni und Nanni auf dem Pferdehof«.

21 Uhr 30: Nachtruhe.

5.8., 22 Uhr, Probenraum von California Ligthtning, unter der Taverne Akropolis in Niederzissen

»Puhhh! Hier stinkt´s schon wieder nach Gyros.«

»So ist es nun mal, Männer, nicht jede Woche das gleiche Gemaule. Auf der Kegelbahn im Grünen Baum war´s auch nicht besser, und hier geht immerhin die Heizung.«

»Schon gut, Charlie. Also »Life is Life« auf die eins. A one, a two, a one, two, three, four!"

»Life is Life – Na-na-na-na-na – Life is Life – Na-na-na-na-na!«

»Stopp! Die Drums sind zu schnell.«

»Ja, seit fünf Jahre.«

»Du hältst dich da raus, Mariano. Wir müssen auch noch schnell die nächsten Gigs besprechen. Dieser merkwürdige Auftritt bei der Beerdigung von dem Bauunternehmer fällt aus.«

»Warum, Charlie?«

»Du wirst es nicht glauben: Der ist noch gar nicht tot. Seine Witwe, die noch keine ist, hat angerufen und sich entschuldigt. Es könnte Oktober werden, meinte sie. Aber das Sportfest und dieses Pharmajubiläum klappen.«

»Ist das nicht am selben Abend?«

»Ja, ja, aber wir kriegen das hin. Wenn wir bei dem Sportfest in Bingen um 4 anfangen, dann können wir da um halb 9 abhauen und sind um 10 auf der Bühne in Bad Lengental. Kohletechnisch wird´s nicht so dicke: Sportfest wisst ihr ja, und für den Pharma-Gig bei Nosotis kann ich nur einen Tausender aufrufen. Vergessen wir mal, dass ich der Bandleader bin, wir teilen gerecht durch vier, also für jeden 250. So, und wieder auf die eins. Two, three, four!«

»Life is Life – Na-na-na-na – Life is Life – Na-na-na-na-na!«

6.8., 10 Uhr 15, Büro EN-Connect

@

von: info@en-connect.dt
an: c.lightning@lowcostmail.dt

betreff: Nosotis-Gig

Lieber Charlie Reichenbacher,

schön, dass es mit dem Auftritt bei Nosotis klappt. Da wir ja über einen »Spezialpreis« gesprochen hatten, kann ich die von Ihnen geforderten 3.000 Euro leider nicht zahlen. Meine Obergrenze liegt bei 1.500 Euro. Ihre Zustimmung vorausgesetzt, schicke ich Ihnen noch heute den entsprechenden Vertrag. Beachten Sie bitte besonders Punkt 4 »Konventionalstrafen bei verspätetem oder Nichterscheinen«.

Mit freundlichen Grüßen,
Mats Enning

6.8., 10 Uhr 30, Büro von Angelika Laumann, Interne Kommunikation Nosotis AG

»Laumann, interne Kommunikation!«

»Tag, Frau Laumann! Mats Enning, EN-Connect.«

»Herr Enning, das ist ja Gedankenübertragung. Ich wollte Sie auch gerade anrufen. Das mit dem Treffen am Mittwoch klappt. Wir sind um 14 Uhr in Montabaur am Bahnhof.«

»Super. Das Catering steht inzwischen auch, und die Zusage der Band habe ich auch. Die sind nur recht teuer.«

»Was heißt das?«

»Na ja, die wollten 5.000, aber ich hab sie auf 3.000 runtergehandelt.«

»3.000? Das ist aber immer noch eine Menge. Mehr als 2.500 krieg ich bei Doktor Dröll nicht durch.«

»Was soll ich sagen? Dann muss ich halt gucken, dass ich die 500 woanders einspare. Zur Not gehen sie von meinem Etat ab. Apropos: Haben Sie den Vertrag schon abgeschickt?«

»Ja, schon am Freitag. Ist der noch nicht in Berlin angekommen?«

»In Berlin?«

»Ja, ich habe ihn an Ihr Büro geschickt.«

»Ach so, ja, dann hab ich vielleicht nicht richtig geschaut.«

»Noch was, Herr Enning: Was ist denn mit der Moderation, beziehungsweise den Comedians?«

»Bin ich dran. Ich glaube, ich hab da schon was Gutes. Also bis Mittwoch dann.«

»Ja, bis Mittwoch. Es gibt übrigens auch noch eine ganze Reihe von Sachen, die ich mit Ihnen allein besprechen könnte.«

»Ach ja? Was denn?«

»Das würde am Telefon jetzt zu weit führen. Außerdem sind es Punkte, die Herrn Doktor Dröll sowieso nicht interessieren. Vielleicht treffen wir uns doch mal abends auf ein Glas Wein.«

»Ja gerne. Im Moment bin ich allerdings fürchterlich busy. Ich melde mich Anfang der Woche.«

»Schön. Ciao, Herr Enning.«

»Wiederhören!«

6.8., 16 Uhr 1, Seniorenresidenz Bella Vista, Zürich

»Soooo, Herr von Mallinckrott, da sind wir. Und da drüben wartet auch schon der Herr Doktor Dröll auf Sie.«

»Danke, Schwester Hildegard.«

»Aber ich bin doch die Schwester Ursula, Herr von Mallinckrott.«

»Ich hab auch Blumen für Sie.«

»Schon gut, Herr von Mallinckrott. Ich lasse Sie jetzt beim Herrn Doktor Dröll, und in einer Stunde hole ich Sie wieder, gell.«

»Hallo Hans-Bernd. Wie ich sehe, hast du wieder nette Schwestern um dich rum.«

»Ulrich, hast du die Hunde mitgebracht?«

»Hans-Bernd, die Hunde hast du doch schon lange nicht mehr. Geht es dir gut?«

»Ja sicher. Mir geht´s ausgezeichnet: Das Essen muss man nicht kauen, die Schwestern haben runde Hintern, die Wasserhähne sind aus Gold, und im Keller steht schon der aufgeklappte Sarg für mich.«

»Unsinn, Hans-Bernd, du wirkst wacher und fitter denn je.«

»Das erzähl mal hier diesem Kurpfuscher, Professor Doktor Doktor Arschgesicht, der meint, ich hätte ein dementielles Syndrom. Auf gut Deutsch: Ich hab sie nicht mehr alle an der Klatsche.«

»Ach Hans-Bernd, du bist nur ab und zu ein bisschen unkonzentriert, das ist doch alles. Erinnerst du dich eigentlich, worüber wir beim letzten Mal gesprochen haben?«

»Ja, ja, die Firma, der Parkplatz ist zu klein.«

»Den haben wir schon vor zwei Jahren vergrößert. Ich meine das mit den Aktien, frisches Geld für neue Investitionen, weniger Belastung für dich.«

»Ich fühl mich gar nicht belastet, und der Kurs ist stabil. Ich schaue jeden Tag in der Zeitung nach.«

»Der Kurs stagniert, Hans-Bernd. Langfristig sind wir ein Übernahmekandidat. Und bevor uns irgendeine Heuschrecke schluckt, sollten wir vielleicht selbst aktiv werden und an einen seriösen Investor verkaufen. Damit die Arbeitsplätze sicher bleiben, damit die Nosotis-Tradition weiterlebt, damit dein Lebenswerk erhalten bleibt. Mit deinem 51 Prozent Anteil lastet einfach zu viel Verantwortung auf deinen Schultern.«

»Schwester Hedwig liest heute aus Mein Kampf. Das geht doch nicht.«

»Nein, das geht auch nicht, Hans-Bernd. Noch mal zu den Aktien. Wir hätten da einen sehr solventen, integren Käufer für dein Paket. Es ist ein dynamischer, mutiger und verantwortungsvoller Geschäftsmann aus Moskau.«

»Ein Russe! Wir machen keine Geschäfte mit den Russen.«

»Die Zeiten haben sich geändert, Hans-Bernd. Wir verkaufen inzwischen einen Großteil unserer Produkte in den Osten.«

»Ich sag dir eins, Ulrich: Man kann Breschnew nicht über den Weg trauen.«

»Sicher, Hans-Bernd, aber es ist gut für unsere Mitarbeiter, und es ist auch gut für dich.«

»Meinst du wirklich?«

»Hattest du jemals Grund, mir zu misstrauen?«

»Nein.«

»Siehst du. Wir machen es so: Ich mache die Papiere fertig, spreche mit dem Investor und komme nächste Woche wieder, damit du unterschreiben kannst.«

»Das ist gut. Sehr gut. Sehr gut ist das.«

»Dann rufe ich jetzt Schwester Ursula.«

6.8., 16 Uhr 30, Staatskanzlei des Saarlandes, Saarbrücken.
Büro des Ministerpräsidenten

»Herr Ministerpräsident, entschuldigen Sie, wenn ich störe, aber das müssen Sie sehen!«

»Was gibt es denn, Berger?«

»Hier, Sie werden es nicht glauben, das ist ein Fax aus Russland. Da will jemand das Saarland kaufen.«

6.8., 16 Uhr 45, Autoradio von Mats Enning.

»Hallöchen, hallöchen, hallo und hallöchen! Hier ist die Zirby & Weus-Show bei Sound-Antenne FM. Hey, Sie wissen ja, nur bei uns gibt´s die größten Hits und den allerbesten Mix für Ihren Feierabend.«

»Da sagst du was, Zirby. Hey, wir kriegen gerade eine Mail ins Studio von Andrea aus Kirn. Sie schreibt: Hey, ihr zwei abgefahrenen Typen. Ihr habt echt den allerbesten Mix für den Feierabend.«

»Danke, Andrea, das stimmt. Hey, und wir haben außerdem einen Mörderbrüller für Sie: Kommt ein Mann in eine Metzgerei und sagt: Ich hätte gerne 150 Gramm Leberwurst, aber von der großen, fetten. Sagt der Metzger: Tut mir leid, die hat heute Berufsschule.«

»Ha, Ha, Ha! Mensch, Zirby, das ist ja pures Gag-Dynamit. Wow! Lachen mit Soundantenne FM und den Ibu-Waschstraßen, der Lack schonenden Autopflege, auch in Ihrer Nähe.«

6.8., 16 Uhr 45, Autotelefon von Mats Enning

»Hallöchen, hallöchen, hallo und hallöchen! Hier ist das Soundantenne FM-Callcenter. Schön, dass Sie uns anrufen. Soundantenne FM ist rund um die Uhr für Sie da. Dieser

Anruf kostet zwölf Cent pro Minute aus dem deutschen Festnetz. Wenn Sie Fragen zu den größten Hits und dem allerbesten Mix haben, sagen Sie bitte laut und deutlich 1. Wenn Sie Informationen zu den Soundantenne FM-Summer Events wünschen, sagen Sie bitte 2. Den Ibu-Waschstraßen-Finder erreichen Sie mit 3. Wenn Sie Werbung bei Soundantenne FM, dem Lieblingsprogramm zwischen Main und Rhein, schalten möchten, sagen Sie bitte 4. Zurück ins Hauptmenü gelangen Sie mit der 5.«

»Eins!«

»Bitte wiederholen Sie, Ihre Ansage war nicht eindeutig.«

»Eins!!«

»Um die nächste Ibu-Waschstraße in Ihrer Nähe zu finden, geben Sie nun bitte Ihre Postleitzahl ein.«

»Fünf!!«

»Ihre Postleitzahl ist nicht vollständig.«

»Füüüüüünf!!!!«

»Willkommen im Hauptmenü. Hier ist das Soundantenne FM-Callcenter. Schön, dass Sie uns anrufen. Soundantenne FM ist rund um die Uhr für Sie da. Wenn Sie Fragen zu den größten Hits und dem allerbesten Mix haben, sagen Sie bitte laut und deutlich 1. Wenn Sie Informationen zu den Soundantenne FM-Summer Events wünschen …«

»Ach leckt mich doch!«

7.8., 10 Uhr Ortszeit, Nosotis of India Ltd., Bhavnagar, Indien

@

von: w.buchlehner@nosotis.dt
an: u.dröll@nosotis.dt

betreff: BMM02

Hallo Ulrich,

glaub es oder nicht: Jetzt bin ich seit über 30 Stunden hier und habe noch absolut nichts herausgefunden. Der Inder an sich ist sehr freundlich, sehr zuvorkommend und sehr schweigsam. Wenn Du mich fragst, geht hier gerade etwas granatenmäßig schief. Sani und Chopra aus der Forschungsabteilung sind seit gestern krankgeschrieben. Angeblich weiß niemand außer den beiden etwas über den aktuellen Stand in Sachen »BMM02«. Ich konnte nur in Erfahrung bringen, dass alle Testreihen für zwei Wochen ausgesetzt wurden. Ich werde mich jetzt selbst auf die Suche nach Sani und Chopra machen.

Ich kriege raus, was hier läuft. Verlass Dich auf mich.

Gruß,

Wilfried (Der bald Erleuchtete)

7.8., 9 Uhr, Büro von Doktor Ulrich Dröll, Geschäftsführer (CEO) Nosotis AG

von: u.dröll@nosotis.dt
an: w.buchlehner@nosotis.dt

betreff: Re:BMM02

Hallo Wilfried,

klingt nicht gut, was Du schreibst. Vielleicht hätten wir die Fabrik doch nicht bei den Currylutschern bauen sollen. Sei´s drum. Hier läuft alles nach Plan. Der Alte will tatsächlich unterschreiben! Wird auch Zeit. Die Kalkleiste kriegt bald gar nichts mehr mit. Wir müssen also dringend den genauen Termin festlegen, um die Order auf den Punkt zu platzieren. Wahrscheinlich wird´s der Montag nach der Tagung. Ich informiere schon mal unseren Broker und mache was mit dem »Bänkli« aus.
Bleib dran. Gruß,

Ulrich

7.8., 14 Uhr, Bistro Soundso, ICE-Bahnhof Montabaur

»Frau Laumann, Herr Doktor Dröll, schön, dass Sie da sind.«

»Hallo, Herr Enning. Ich habe mit Doktor Dröll gerade schon im Auto …«

»Jetzt lassen Sie mich mal, Angie. Also Herr Enning, im Prinzip ist ja alles klar. Kostenmäßig kommen wir hin, und ich gehe mal davon aus, dass ich da keine Überraschungen erlebe.«

»Werden Sie nicht.«

»Gut. Und jetzt das Wichtigste, deshalb wollte ich Sie auch noch mal persönlich sehen: Das wird keine ganz einfache Veranstaltung. Für uns als Nosotis nicht und für Sie als Agentur auch nicht. Das Ganze ist so eine Stopp-and-Go-Sache. Oder meinetwegen auch Zuckerbrot und Peitsche. Das Seminar ist für mich mindestens so wichtig wie die Feier. Eigentlich sogar noch wichtiger. Unseren dreihundert Außendienstmitarbeitern wollen wir eine Botschaft vermitteln.«

»Das weiß ich ja schon. Für mich wäre es ganz gut zu wissen, welche Botschaft das ist, dann könnte ich den Charakter der Veranstaltung noch besser treffen.«

»Schwieriger Charakter, Herr Enning. Ich möchte es einfach mal so sagen: Nicht jeder der dreihundert kann sicher sein, bei der nächsten Firmenfeier auch noch dabei zu sein. Wer sich reinhängt, hat eine Chance. Das ist die Botschaft.«

»Und abends dann lustig feiern? Wie passt das denn zusammen?«

»Das ist IHR Job, machen Sie´s passend. Ganz wichtig: Wie Sie wissen, haben wir einen Ehrengast, und ich möchte, dass er mit keinem der Mitarbeiter in Kontakt kommt und auch nicht auf irgendwelchen Fotos auftaucht.«

»Ich gebe mein Bestes, Herr Dröll, aber wenn ich mir die Frage erlauben darf: Warum bringen Sie Ihren Gast dann überhaupt an diesem Wochenende in diesem Hotel unter?«

»Vielleicht weil man ihn dort am allerwenigsten vermutet.«

»Aber …«

»Herr Enning, schön, dass wir uns noch mal treffen konnten. Alles Weitere besprechen Sie dann mit Frau Laumann.«

»Ja. Herr Enning und ich haben schon was ausgemacht. Nicht wahr, Herr Enning?«

»Ja sicher, klar.«

7.8., 23 Uhr 15, Schlafzimmer von Mats Enning

»Was ist denn, Mats?«

»Weiß auch nicht.«

»Nicht mal ein bisschen?«

»Ach du.«

»Es liegt an mir, oder?«

»Ach Quatsch, Julia! Es ist nur so viel gerade.«

»Was denn?«

»Na ja, alles. Bei dieser Firmenfeier da stimmt was nicht. Die benutzen mich irgendwie.«

»Mich könntest du auch mal wieder ein bisschen benutzen. Vielleicht hier so … oder da … oder da unten.«

»Julia … bitte.«

»Du hast ´ne andere.«

»Och nö, jetzt nicht die Nummer. Ich habe keine andere. Ich liebe dich. Ich hab aber auch einen Kredit laufen, bei dem am 31. die nächste Rate fällig ist. Ich weiß noch nicht genau, wie ich meine Miete zahlen soll. Das mit der schicken Adresse in Berlin war auch eine saublöde Idee, und jetzt komme ich nicht mehr raus aus der Nummer …«

»Mensch Mats, das hat dir doch sonst auch nicht so viel ausgemacht. Bisher hat doch immer alles geklappt. Und das mit dem Geld … Ich hab dir ja schon ein paar Mal gesagt, mein Vater würde uns ein bisschen unterstützen. Wir könnten auch die Wohnung in Frankfurt nehmen. Er würde uns mit der Miete entgegenkommen. Sehr entgegenkommen. Weißt du doch. Meine Eltern würden es schon gerne sehen, wenn wir zusammenziehen. Die mögen dich doch, und ich doch auch. Wir könnten doch vielleicht auch heiraten. Fände ich schön, wo wir doch so lange schon zusammen sind ... Mhmmm, du riechst gut ... und dieser süße Leberfleck da ... Mats?«

»...«

»Mats, schläfst du?«

»...«

»Ach Mensch, Mats.«

7.8., 23 Uhr 30, Schlafzimmer von Alexej Abramow

»Eva, was ist?«

»Weiß nicht.«

»Nicht mal bisschen?«

»Ach du.«

»Vielleicht hier so ... oder da ... oder da unten.«

»Ach Alexej, du bist süß, aber ich bin halt jetzt gerade nicht so in Stimmung. War ein harter Tag.«

»Nicht nur Tag ist hart, Eva.«

»Ach Alexej.«

»Du denkst viel. Alles gut? Vielleicht willst du ein bisschen einkaufen morgen.«

»Nein, nein. Aber darf ich dich etwas fragen?«

»Du kannst Alexej alles fragen.«

»Was willst du eigentlich mit dieser Pharmafirma? Bisher hast du dich doch nur für Energiesachen interessiert, Öl und Gas und so.«

»Stimmt nix. Ich habe auch Hotel gekauft in Baden-Baden.«

»Ja, aber das interessiert dich doch auch nicht. Wir sind noch nie dort gewesen.«

»Na ja, ist Geschäft. Ich lebe von kaufen und verkaufen. Und Geschäft ist hart. Sehr hart … genau wie hier unten …«

»Ach Alexej.«

9.8., »Rheinisches Tagblatt«, Panoramaseite

Zwischen Kassenpatient und Privatvergnügen

Wie Ärzte und Pharmaindustrie um ihre Ehre kämpfen

Von unserem Beobachter Klaus Gossip

Seien wir ehrlich: Haben wir sie nicht allzu oft beneidet, die »Halbgötter in weiß« mit ihren schicken Sportwagen und den Golftaschen im Kof-

ferraum? Ja, so mancher Arzt mag heute noch auf der Sonnenseite des Lebens stehen, auch wenn die goldenen Zeiten allmählich vorbei zu sein scheinen. Wie aus einem nie versiegenden Füllhorn flossen dereinst die Gelder der Krankenkassen und der Pharmaindustrie. Doch gerade Letztere übt sich offenbar seit einiger Zeit in Zurückhaltung.

Wir erinnern uns: Stets waren es braun gebrannte und gut gelaunte Ärzte, die an so manchem Wochenende vor den Luxushotels dieser Republik in ihren Cabrios vorfuhren. Auf dem Beifahrersitz fand sich meist eine blendend aussehende, charmante Begleiterin. Das konnte die Ehefrau sein, musste aber nicht. Die gute Laune hatte ihren Grund, denn das Luxuswochenende mit Gala-Dinner, ausgedehntem Freizeit- und Wellnessprogramm und niveauvollem Entertainment belastete nicht etwa das ohnehin gut gefüllte Konto des Mediziners. Nein. Zu danken war dies stets der Großzügigkeit solventer Pharmaunternehmen. Ein Schelm, wer Böses dabei dachte. Denn bei diesen »Tagungen« ging es natürlich ausschließlich um den Austausch fachbezogener Informationen. Von Weiterbildung war dort die Rede, von Kompetenzgewinn und Know-how-Transfer zum Wohle des Patienten. »Zum Wohle« durfte freilich auch gesagt werden, wenn abends die Champagnergläser erhoben wurden.

Ja, so war es mal, und so wird es wohl nicht wieder sein. Es waren die immer lauter werdenden Rufe nach einer transparenten und zuwendungsfreien Beziehung zwischen Ärzten und Industrie, die schließlich dafür sorgten, dass es heute den so genannten »Pharma Kodex« gibt. Mit Genugtuung lesen wir da: »Die Ärzte dürfen in ihren Therapie-, Verordnungs- und Beschaffungsentscheidungen nicht in unlauterer Weise beeinflusst werden. Es ist daher verboten, ihnen oder einem Dritten unlautere Vorteile anzubieten, zu versprechen oder zu gewähren.« Im Klartext heißt dies, dass es zwar auf Einladung der Pharmaindustrie eine Fortbildung geben darf, aber die begleitende Rotweinprobe auf Chateau Pompeuse und das Golfturnier in Kitzbühel müssen künftig leider entfallen. Auch die Hotelauswahl muss angemessen sein, und die charmante Begleiterin bleibt zwar charmant, aber auch zu Hause.

Eine Entwicklung, die – und das sei hier in aller Deutlichkeit gesagt – der Autor dieser Zeilen ausdrücklich begrüßt. Frei von Häme nehmen wir zur Kenntnis, dass die »Halbgötter in weiß« auch nur Menschen wie du und ich sind und nun auch von der Pharmaindustrie wie solche behandelt werden.

So bleibt uns die Hoffnung, dass Ärzte und Industrie den eingeschlagenen Weg nicht verlassen mögen und Seit an Seit im Dienste des Patienten handeln. Damit wir auch in Zukunft guten Gewissens sagen können: »Danke, Herr Doktor, Sie haben mir sehr geholfen.«

10.8., 0 Uhr 40, Bar des Intercity-Hotels, Ulm

»… Halbgödder in weisss«, auch nur Menschen wie du und ich. Dass ich nich´ lache. Arrogante Lutscher sind das. Alle sind die dasss. Der schreibt doch nur Scheiß. Scheiß Zeitung die. Weg damit.«

»Nehm´ wir noch einen, Remmler?«

»Ne. Oder doch. Scheiß drauf. Hey, Barmann, noch sswei! Und sswei von den Kurzen auch! Klar können wir denen keinen Golfurlaub mehr reindrücken, aber der soll doch hier keinen Scheiß schreiben. Wenn wir den Ärrssen so´n Fortbildungskram anbieten, dann kommen die doch trotzdem nur, wenn´s ordentlich was zu saufen gibt und ´n Puff in der Nähe is. Der sssoll doch keinen Sssscheiß schreiben.«

»Wo bist´n du morgen, Remmler?«

»Hier Klinikum, in Dingenskirchen. Hab ´nen Termin beim Chef von der Klinikapotheke. Hat mich zwei Monate warten lassen. Arroganter Lutscher. Und du?«

»Drei Niedergelassene. Internisssten. Denen soll ich das neue Meveten auf den Tisch legen.«

»Meveten? Bluddrugg, oder?«

»Ja, ja, senkt wie die Hölle, erzähl ich denen.«

»Glauben die eh nicht. Arrogante Lutscher.«

»Ja sicher glauben die das nicht. Ichdochauchnich. Isdochegal. Prosd!«

»Brosd! Guck mal, die Blonde da hinten, die wills doch.«

»Ja sicher. Daisabernkerldabei.«

»Lutscher!«

»Sa ma, Krautweiß, hasss du dich schon für den Jubiläumsrotz angemeldet in Bad Lengenschiss?«

»Bad was?«

»Ja irgendson Scheißkaff im Nirgendwo.
Da kriegn wir zwei Tage von unseren tollen Nosotis-Supermännern einen tollen Nosotis-Super-Mist reingedrückt.«

»Die da obn. Die hamm doch keine Ahnung, wies bei uns da draußen abgeht. Ich nehm noch zwei.«

»Ich auch.«

»Der Typ geht. Jetss is die Blonde allein da, die sprech isch an.«

»Traussst du dich nich.«

»Wirsse ja sehn … Hallo schöne Frau. Na, so jung und schon so blond? Aua!«

10.8., 12 Uhr, Büro von Lutz Olbertshagen, bikk-media GmbH

»… ja, stellen Sie durch … Olbertshagen, bikk-media. Was kann ich für Sie tun?«

»Enning ist mein Name von EN-Connect in Berlin. Wenn ich richtig informiert bin, haben Sie doch die beiden Radiomoderatoren Zirby und Weus unter Vertrag.«

»Richtig. Pures Gagdynamit die beiden und sehr gefragt.«

»Ich will es kurz machen: Zirby und Weus passen optimal in mein Event-Konzept für das Jubiläum eines großen Pharmakonzerns, Moderation und Comedy. Haben die beiden Erfahrung, was solche Veranstaltungen angeht?«

»Das sind Vollprofis, sonst wären sie nicht bei mir unter Vertrag. Moderieren wie eine eins, maßgeschneidert für jedes Event. Comedy bieten wir als Modul an: zehn Minuten, zwanzig Minuten, vierzig Minuten. Was Sie wollen. Wenn die bei einer Beerdigung auftreten, dann lassen die

Sargträger die Kiste fallen und klopfen sich auf die Schenkel. Pures Gagdynamit.«

»Klingt sehr gut. Datum wäre der 29. 9.«

»Muss ich gucken. Sekunde, bleiben Sie dran ...

... Dabdadabdabdab Tall and tan and young and lovely the girl from Ipanema ... goes walking ... Dabdadabdabdab ...

»... so, da bin ich wieder. Sie haben Glück. Eigentlich sind die beiden das ganze Jahr ausgebucht, aber ich könnte da ´ne Option kegeln, die jemand nicht rechtzeitig gezogen hat. Ist natürlich nicht billig.«

»Natürlich. Vielleicht sollten Sie trotzdem nicht vergessen, dass ich auch eine Agentur habe, die Künstler vermittelt und Events organisiert. Die Preise für zwei Radiomoderatoren eines Regionalsenders sind mir durchaus geläufig.«

»Der Sender ist extrem erfolgreich, und Zirby und Weus sind die absoluten Stars. Nummero uno, number one, verstehen Sie?«

»Ich verstehe. Aber ich habe hier auch die Zahlen der letzten Medienanalyse. Soundantenne FM hat allein in der ersten Erhebungswelle 80.000 Hörer verloren, das ist bei einer durchschnittlichen Stundenreichweite von gerade mal 320.000 ein ziemliches Desaster.«

»Okay. Unentschieden. Also dann wollen wir nur 2.000 pro Nase.«

»2.000?!! Ich will nicht Frank Sinatra und Dean Martin, ich will Hinz und Kunz von Antenne Nasenbär.«

»Na gut, 1.500 pro Nase, drunter geht nichts.«

»1.000.«

»1.000 ist okay.«

»Vertrag ist übermorgen bei Ihnen in der Post.«

»Da kommt noch die Mehrwertsteuer drauf.«

»Ist okay.«

»Und die Spesen.«

»Keine Spesen.«

»Gut, keine Spesen.«

10.8., 12 Uhr 10, Büro von Lutz Olbertshagen, bikk-media GmbH

»Ja, Olbertshagen, verbinden Sie mich mal bitte mit den beiden im Sendestudio … Ja sicher warte ich, aber nicht gerne … Na endlich. Ich bin´s. Hört mal, ihr beiden, ich hab ´nen Job für euch. Notiert mal: 29. September … Was? … Nein, du brauchst nicht nachzugucken, ob ihr da Zeit habt. Ihr habt weder im September noch im Oktober irgendwelche Jobs. Der Gig ist im Selina-Hotel, Bad Lengental … Keine Ahnung, wo das is. Dann schaut halt in ´ne Karte.

Moderation und Gags für ´ne Pharmafirma. Sehr interessanter Job, weil da steckt eine riesige Agentur in Berlin dahinter. An der bin ich schon lange dran, um euch ganz nach vorn zu bringen … Klar gibt´s Kohle, aber wir müssen hier perspektivisch denken. Die von EN-Connect haben, glaube ich, noch ´ne Menge vor mit euch, deshalb habe ich hier mal einen strategischen Preis aufgerufen. Ihr kriegt 700 Kracher inkl. Märchensteuer pro Nase … Was? … Ja klar geht meine Provision noch ab. Ich bin Mister 25 Prozent, und damit bin ich ja wohl auch gleichzeitig Mister Superfair. Vertrag kommt, Briefing auch … Also ciao, ich hab Jenny auf der anderen Leitung.«

10.8., 15 Uhr 2, Büro EN-Connect

von: info@en-connect.dt
an: a.laumann@nosotis.dt

betreff: Moderation/Jubiläum

Liebe Angelika Laumann,

langsam wird die Sache rund. Es ist mir gelungen, zwei Superstars der Radioszene für unsere Veranstaltung zu gewinnen. Sicher haben Sie auch schon von der Zirby & Weus-Show bei Soundantenne FM gehört. Bei Ihnen in Rheinfelden kann man den Sender zwar nicht über UKW empfangen, aber die beiden sind ja dank ihrer tollen Gags inzwischen fast bundesweit bekannt. Gemessen daran kann ich sie für ein sehr attraktives Honorar verpflichten. Das komplette Paket mit speziell auf Nosotis zugeschriebenem Programm, Probentag, Soundcheck, Auftritt und Spesen kostet Sie lediglich 4.000 Euro. Da ich auf dieses Angebot nur noch eine Option bis morgen früh habe, lassen Sie mich bitte schnell wissen, ob die Sache klar geht.

Bis bald,

Mats Enning

10.8., 15 Uhr 30, Büro von Angelika Laumann, interne Kommunikation Nosotis AG

@

von: a.laumann@nosotis.dt
an: info@en-connect.dt

betreff: Re:Moderation/Jubiläum

Lieber Mats Enning,

ich habe soeben mit Doktor Dröll gesprochen. Ehrlich gesagt war er über die Kosten für die Moderation doch ein bisschen entsetzt. Zitat: »Ich will doch nicht Frank Sinatra und Dean Martin!« Trotzdem ist er einverstanden, allerdings sollten wir beim Honorar 3.000 Euro nicht überschreiten. Ich hoffe, Du kannst es in Deinem Etat ausgleichen. Uppps! Jetzt habe ich »Du« geschrieben. Tut mir leid, aber vielleicht ist es ja auf Dauer auch ein bisschen praktischer so. Apropos, wollten wir uns nicht noch auf ein Glas Wein treffen, um eine ganze Reihe anderer Sachen zu besprechen? Ich habe inzwischen eine richtig lange Liste. Vielleicht klappt es ja doch mit Berlin, denn ich muss dieses Wochenende bis einschließlich Montag schon wieder dorthin und kenne am Gendarmenmarkt ein sehr schönes Bistro direkt neben einer Weinhandlung. Das müsste ja gleich bei Dir ☺ um die Ecke sein.

Liebe Grüße,

Angelika

10.8., 16 Uhr 55, Bar des Intercity-Hotels, München

»Hey, Barmann! Wir nehm´n nnoch sswei. Oder, Remmler?«

»Sicher, sswei geh´n immer.«

»Hab heut nnach Rheinfelln gemailt, dass ich sssu diesem Jubiläumsmisst komme.«

»Ich auch. Eigentlich kein Bock. Aber Sscheiss drauf, Krautweiß.«

»Da trinken wir abba mal einen. Und dann werrn wir diesn tollen Nosotis-Cheflutschern mal sssagn, wies hier draußen abgeht.«

»Die hamm doch alle keine Ahnung da obn.«

»Guck ma, da hintn die Brünette, die quatsch ich an …«

10.8., 16 Uhr 56, Büro EN-Connect

von: info@en-connect.dt
an: a.laumann@nosotis.dt

betreff: Re:Re:Moderation/Jubiläum

Liebe Angelika Laumann,

eines vorneweg: Das mit dem »Du« ist völlig okay. Das mit den 3.000 Euro ist eigentlich nicht so okay, aber ich muss es halt irgendwie richten. Dennoch sollten wir darauf achten, dass wir die Veranstaltung nicht »kaputt sparen« und ein gewisses Niveau halten. Was Berlin angeht: Ich würde Dich wirklich gerne treffen, aber ich bin am Wochenende schon wieder unterwegs ☹. Ich könnte vielleicht Anfang kommender Woche nach Rheinfelden kommen, der Nachmittag wäre mir dann allerdings grundsätzlich lieber als der Abend. Dienstag oder Mittwoch, da richte ich mich ganz nach Dir.

Gruß,

Mats

13.8., 11 Uhr 20 Ortszeit,
vor dem Haus von Tungesh Chopra,
Bhavnagar, Indien,

»Ja bitte! Sie wünschen?«

»Namaskar!«

»Namaskar!«

»Entschuldigen Sie, dass ich einfach so hereinplatze. Mein Name ist Wilfried Buchlehner, ich bin von Nosotis in Deutschland, und ich würde gerne mit Tungesh Chopra sprechen.«

»Mein Mann ist krank.«

»Ich weiß, aber es ist wirklich dringend.«

»Er hat gesagt, ich soll niemanden hereinlassen.«

»Welche Krankheit hat er denn?«

»Er ist krank.«

»Frau Chopra, bitte! Es ist sehr, sehr wichtig! Tungesh und ich sind Freunde.«

»Eine indische Weisheit sagt: Freundschaft zwischen zwei Menschen beruht auf der Geduld des einen.«

»Sicher, Frau Chopra, aber mir geht es darum, dass nicht ein Unglück passiert, das man vielleicht verhindern könnte.«

»Eine andere Weisheit sagt: Um ein Unglück kümmere dich drei Jahre nicht, und es wird zum Segen.«

»Frau Chopra!«

»Namaskar, Herr Buchlehner.«

13.8., 11 Uhr 3, Büro von Doktor Ulrich Dröll, Geschäftsführer (CEO) Nosotis AG

von: u.dröll@nosotis.dt
an: w.buchlehner@nosotis.dt

betreff: BMM02

Wilfried!

Was ist jetzt? Abramow will wissen, ob BMM02 funktioniert oder nicht. Habe den Eindruck, ihm reißt langsam der Geduldsfaden. Mir auch!

Ulrich

13.8., 15 Uhr 4 Ortszeit, Nosotis of India Ltd., Bhavnagar, Indien

von: w.buchlehner@nosotis.dt
an: u.dröll@nosotis.dt

betreff: Re:BMM02

»Freundschaft zwischen zwei Menschen beruht auf der Geduld des einen.«

Wilfried

13.8., 11 Uhr 41, Stadtverwaltung Bad Lengental

Stadt Bad Lengental
Stadtverwaltung/Bauamt
65666 Bad Lengental

Selina Kur- und Kongresshotel
Direktion
z.Hd. Herrn Benjamin La Rue
Taunushöhe 1
65665 Bad Lengental

Betreff: Prüfung des Kongresssaals am 30.7.

Sehr geehrter Herr La Rue,

der für die Bausicherheit zuständige Bauingenieur, Herr Dipl. Ing. Hubert Kornmüller, hat am 30.7. Statik, Elektro- und Sanitärgewerke sowie das Dach auf Funktion und Sicherheit überprüft.

Wie Sie wissen, war die Überprüfung notwendig geworden, nachdem sich bei der Jahreshauptversammlung des Lagotto Romagnolo-Hundezüchtervereins am 29.5. eine Rigipsplatte der Deckenverkleidung gelöst hatte. Drei preisgekrönte Lagotto Romagnolo-Rüden waren dabei erschlagen worden.

Der genaue Untersuchungsbericht geht Ihnen in den nächsten Tagen zu. Um weitere – möglicherweise schwerere – Unglücke zu vermeiden, möchten wir Sie aber schon mit diesem Schreiben auf den desolaten Sicherheitszustand Ihres Kongresssaals hinweisen.

1. *Die hölzernen Trägerbalken der Dachkonstruktion sind durch Wassereintritt an mehreren Stellen teilweise verzogen, teilweise verfault.*
2. *Die Deckenverkleidung weist neben den bereits heruntergefallenen 16 weitere mangelhaft befestigte Deckenplatten auf.*
3. *Die Metallarmierungen in insgesamt sechs tragenden Pfeilern weisen starke Korrosionsschäden auf.*
4. *Die Beschallungsanlage ist auf Grund eines Kurzschlusses und anschließenden Schwelbrandes irreparabel.*
5. *Die Sanitäranlagen sind nur teilweise funktionstüchtig. Insbesondere die Herrentoiletten sind in einem nicht mehr zeitgemäßen Zustand. Zwischen den Urinalen fehlen die Schamwände, die Spülkästen lecken, und die elektrische Belüftung ist defekt.*

Für einen 1979 erbauten Saal ist der Zustand schlecht. Die von Ihnen angekündigte Renovierung/Modernisierung ist überfällig. Insofern halten wir den von Ihnen genannten Renovierungstermin im Dezember für deutlich zu spät. Wir kommen also nicht umhin, den Kongresssaal des Selina Kur- und Kongresshotels mit sofortiger Wirkung für Veranstaltungen jeder Art zu sperren.

Wir möchten Sie bitten, umgehend die entsprechenden Vorkehrungen zu treffen.

Mit freundlichen Grüßen,

Roland Nachtweih
Bauamt

13.8., 14 Uhr 30, Bankhaus Goldbarr und Räppli, Basel

»Grüezi, Herr Doktor Dröll! Was kann ich für Sie tun?«

»Kann ich Sie kurz unter vier Augen sprechen?«

»Aber sicher. Hier in meinem Büro sind wir ungestört. Also, was führt Sie nach Basel, Herr Doktor?«

»Herr Freneli, ich plane eine größere Transaktion.«

»Von Ihrem Diskretionskonto?«

»Ja. Die Sache sieht im Groben so aus: Auf mein Diskretionskonto wird bis zu einem bestimmten Termin noch eine Menge Geld eingezahlt.«

»Herr Doktor Dröll, entschuldigen Sie, dass ich Sie unterbreche, aber ›eine Menge‹ ist eine recht unbestimmte Summe. Gerade wir Schweizer können uns unter einer Menge viel, manchmal sogar sehr viel vorstellen.«

»Stellen Sie sich sehr viel vor. Und diese Summe müssen Sie auf ein entsprechendes Signal meinerseits in ein von mir genanntes Papier investieren.«

»Komplett?«

»Komplett. Das wird vor einem Wochenende sein. Am darauf folgenden Montag möchte ich dann, dass Sie das erworbene Aktienpaket wieder verkaufen.«

»Komplett?«

»Komplett.«

»Ich denke, ich habe verstanden, Herr Doktor. Sie werden verstehen, dass eine solche Transaktion auch für uns einen erhöhten Aufwand darstellt, der entsprechend honoriert werden muss.«

»Ich verstehe.«

»Außerdem ist es üblich, Passwörter zu hinterlegen, damit das Geschäft reibungslos und ohne jedes Missverständnis verläuft.«

»Wie wäre es mit ›Komplett‹?

»Komplett?«

»Ja, komplett.«

14.8., 9 Uhr 4, Mailbox von Mats Enning

`»Guten Tag. Sie sind mit EN-Connect in Berlin verbunden. Alle unsere Mitarbeiterplätze sind zur Zeit belegt. Hinterlassen Sie bitte eine Nachricht, wir rufen zurück. Hello, this is EN-Connect in Berlin. We are busy at the moment. Please leave a message after the beep."`

Piep

»Hallo, hier ist Angelika. Ist Berlin nicht eine tolle Stadt? Besonders der Gendarmenmarkt? Da ist doch dein Büro.

Oder vielleicht doch nicht? Kann es sein, dass du ein ganz schönes Schlitzohr bist, Mats? Aber ein ganz nettes. Sicher ist jedenfalls, dass es am Gendarmenmarkt 4 kein Büro von EN-Connect gibt und auch nie gegeben hat. Ich habe nämlich in der Weinhandlung im Erdgeschoss nachgefragt. Du weißt schon, der Laden, in dem dein Kumpel arbeitet, der immer die Post für dich annimmt. Ganz nett ist der. Aber nicht so hübsch wie du. Wie auch immer: Doktor Dröll konnte ich diese Neuigkeit noch gar nicht erzählen, der kommt erst morgen wieder. Vielleicht will ich´s ihm aber auch gar nicht erzählen. Kommt ein bisschen darauf an, ob du nicht doch heute Abend Zeit für ein schönes Dinner hast. Ich habe hier in Rheinfelden im »Da Roberto« einen Tisch bestellt. Ganz kuschelig da, und die haben einen sehr schönen Barolo. Ruf mich doch zurück. Bis dann.«

Piep

14.8., 19 Uhr 5, Stammtisch der Hunsrück-Mohikaner, Gaststätte Zur Kupferkanne, Simmern.

»So, dann kommen wir jetzt zu Punkt 5: Gisela will nicht mehr Fliehendes Pferd heißen.«

»Ja warum denn nicht?«

»Weil Sie Pferd für eine Frau beleidigend findet.«

»Ach. Jetzt wo Sie sich den Müller mit seiner Metzgerei geangelt hat, können wir Sie ja auch Rossige Stute nennen.«

»Also ehrlich, Brüder, reißt euch mal zusammen. Ich finde ihren Vorschlag Lächelnde Blüte sehr schön, und als Häuptling unterstütze ich die Namensänderung. Wer ist noch dafür?«

»Schon gut, Josef. Ich bin dafür. Rudi auch. Bernd? … Bernd auch. Martin? … Ist auf dem Klo, aber der ist sicher auch dafür.«

»Gut, keine Gegenstimmen. Ab sofort heißt Fliehendes Pferd Rossige Blüte.

»Lächelnde!«

»Richtig, lächelnde. So, nächster Punkt. Wir können beim Powwow keinen Marterpfahl im Foyer aufstellen.«

»Warum denn nicht?«

»Da ist noch eine andere Veranstaltung, irgendeine Pharmafirma. Und wir haben uns halt zu spät angemeldet, sagt der Hotelmanager.«

»Der Manager hat nicht weise gesprochen. Manitu weiß, ob nicht bald sein Skalp an meinem Gürtel hängt.«

»Bernd, bitte, wir sind gewaltfreie Indianer! Auf jeden Fall kriegen wir irgendein Nebengebäude.«

»Das ist typisch: Der weiße Mann nimmt uns alles, jetzt auch das Hotelfoyer.«

»Zum letzten Mal, Bernd: Lass den Quatsch! Wir sollten lieber überlegen, wie wir das Beste aus der Sache machen. Auf die Schnelle kriegen wir sowieso nix anderes mehr. Das Hotel hat uns die Minigolfanlage angeboten.«

»Die Minigolfanlage?! Sollen wir da vielleicht die Schlacht am Little Big Horn nachstellen? General Custer wurde umgebracht, nicht eingelocht.«

»Bernd, ein Powwow ist eine friedliche Versammlung. Wir essen, tanzen und lassen die Friedenspfeife rumgehen. Kapiert?«

»Ja.«

»Gut. Die Gesichts- und Körperbemalung übernehmen dieses Jahr ›Sanfter Wind‹ und ›Leichte Feder‹, das Pemmikan ist schon fertig. ›Rossiges Pferd‹ hat genug für alle gemacht.«

»Blüte!«

»Meinetwegen.«

14.8., 19 Uhr 15 , Anrufbeantworter von Julia Machalit

`»Hallo, keiner da, aber ich freue mich über eine Nachricht nach dem Pieps.«`

Piep

»Hallo Liebling! Ich bin´s. Ich weiß, dass du noch beim Yoga bist. Und ich bin schon wieder auf der Autobahn. Muss doch noch mal dringend zu Nosotis. Die machen´s ganz wichtig. Ins Kino gehen wir dann halt morgen, hätte heute ja sowieso nicht mehr geklappt. Ganz dicker Kuss.«

Piep

15.8., 0 Uhr 10, Schlafzimmer von Angelika Laumann.

»Mhmmm … Mats … gut … Ja … Da … Genau da … Mhmmmm.«

15.8., 9 Uhr, Direktionsbüro Selina Kur- und Kongresshotel, Bad Lengental

»La Rue hier, Selina Kur- und Kongresshotel. Verbinden Sie mich doch bitte mal mit dem Nachtweih vom Bauamt. Danke. Ja, ich warte.«

…Dabdadabdabdab Tall and tan and young and lovely the girl from Ipanema goes walking … Dabdadabdabdab…

»Äh … Hallo Roland. Gut, dass ich dich dran habe … Ja, ich habe deinen Brief bekommen. Genau deswegen rufe ich an: Das meinst du doch wohl nicht im Ernst! … Ich habe Ende September eine Riesenveranstaltung in dem Saal, über dreihundert Leute, alle Zimmer voll … Wie, dir sind die Hände gebunden? Red keinen Mist … Ob wir das Ding jetzt einen Monat früher oder später schließen ist doch egal … Sicherheitsbedenken? Ach jetzt hör doch auf! Ich hab ja auch keine Bedenken wegen des Doppelzimmers, das du alle zwei Wochen bei mir hast … Erpressung? Nenn es, wie du willst. Roland, ich brauch diese Veranstaltung. Wir hängen die Decke auch provisorisch ab. Da kann nix passieren … Ich bitte dich.«

15.8., 14 Uhr 2, Senator-Lounge, Flughafen Frankfurt Main

»Doktor, Sie haben mir Informationen versprochen.«

»Kriegen Sie, Herr Abramow, kriegen Sie. Wir stellen gerade das Dossier zusammen. Sie werden staunen, es läuft ausgezeichnet bei den Testreihen von BMM02. Das Medikament wird einen ähnlichen Erdrutsch auslösen wie damals Viagra.«

»Schön, Doktor Dröll, schön. Aber ich will weiß auf schwarz. Besorgen Sie mir Zulassung.«

»Die Zulassung ist eine Formalie, die Papiere sind schon unterwegs zur FDA und nach Berlin.«

»Schön, sehr schön. Ich habe Freunde bei FDA in Amerika. Vielleicht kann ich helfen.«

»Nein, nein, lassen Sie. Das ist nett, aber es wäre nicht gut, wenn man Sie jetzt schon in Verbindung mit unserem Produkt und unserer Firma bringen würde. Da es in Deutschland zur Zeit eine sehr hysterische Diskussion um Übernahmen durch Investoren gibt, wäre es besser, wenn wir uns bis zum Termin in Bad Lengental sehr bedeckt halten.«

»Gut. Wenn Sie sagen, dann machen wir so. Eva, wunderbare Frau an meiner Seite, hat vorgeschlagen, Sie schicken uns Probe von Medikament und ich lasse untersuchen in Moskau. Aber ich denke, wird nicht nötig sein.«

»Ist es auch nicht. Und bei aller Liebe, wir werden sicherlich niemandem die Chance geben, unsere Wirkstoffkombination zu analysieren, bevor sie patentiert ist.«

»Ha, ha! Ihr Deutschen, immer misstrauisch. Also dann Herr Doktor Dröll ...«

»Moment! Wir müssen noch ein paar Einzelheiten wegen der Transaktion besprechen. Die Summe, die Sie sowohl für Buchlehner als auch für mich bereitstellen, muss bis spätestens 28 9. beim Bankhaus Goldbarr und Räppli auf einem Konto mit dieser Nummer sein.«

»Gut. Und wann übernehme ich Aktienpaket?«

»Sobald das Geld auf dem Konto ist. Die Papiere tauschen wir dann in Bad Lengental.«

»Doktor Dröll, ist Vergnügen, Geschäfte mit Ihnen zu machen.«

15.8., Lokalseite des »Bhavnagar Observer«, Bhavnagar, Indien

Bhavnagar. Eine rätselhafte Reihe von Todesfällen beschäftigt die Polizei von Bhavnagar. So sollen nach Angaben eines Polizeisprechers in den vergangenen drei Wochen insgesamt neun Menschen auf bisher unge-

klärte Weise zu Tode gekommen sein. Alle Opfer waren Studenten, die offenbar weder an Krankheiten litten noch in Unfälle verwickelt waren. Der Bezirksstaatsanwalt hat eine Obduktion angeordnet. Untersucht wird in diesem Zusammenhang auch eine Verbindung zur pharmazeutischen Fabrik Nosotis of India. Nach unbestätigten Angaben sollen alle neun Opfer als Probanden an verschiedenen Testreihen für ein neues Medikament beteiligt gewesen sein. Eine Stellungnahme von Nosotis ist bislang ausgeblieben. Nach Informationen unserer Zeitung hat sich aber der Finanzvorstand von Nosotis Deutschland, Wilfried Buchlehner, während der vergangenen zehn Tage in Bhavnagar aufgehalten. Über den Anlass des Aufenthalts ist nichts bekannt. Der Nosotis-Vorstand ist inzwischen abgereist.

19.8., Aushang in der Seniorenresidenz Bella Vista, Zürich

Liebe Senioren,

das bringt der Tag:

7 Uhr: Nach dem Frühstück treffen wir uns zum Tai Chi im Rütlipavillon. Rollstuhlfahrer haben den besten Blick von der Caféterrasse im Nordflügel.

9 Uhr: Gottesdienst mit Pater Anselm. Thema der Predigt: »Ewig jung – wozu?«

11 Uhr Mittagessen:
Champignoncremesüppchen Genfer Art
Züricher Gehäckseltes mit Kartoffelbrei und Stampfkarotten.
Haferbrei mit Honig und Mirabellenmus

12 Uhr bis 14 Uhr: Mittagsruhe

14 Uhr bis 16 Uhr: Militärparade mit dem 1. Exerzierkorps der 3. Infanteriebrigade der Schweizer Armee im Kurpark. Rollstuhlfahrer bleiben bitte hinter der Absperrung.

16 Uhr bis 17 Uhr: Besuchszeit

17 Uhr Abendessen:
Lauchcremesüppchen Zermatter Art
Lachs-Tatar mit Kartoffelbrei und Stampfkarotten
Hirsebrei mit Zimt und Zwetschgenmus

19 Uhr: Die am schwarzen Brett von Major Wolfberg angekündigte Lesung aus »Mein Kampf« muss auf ausdrücklichen Wunsch der Heimleitung erneut entfallen. Stattdessen liest Schwester Hedwig aus »Karlsson auf dem Dach«.

21 Uhr 30: Nachtruhe

19.8., 16 Uhr 1, Seniorenresidenz Bella Vista, Zürich

»Soooo, Herr von Mallinckrott, da sind wir. Und da drüben wartet auch schon der Herr Doktor Dröll auf Sie.«

»Danke, Schwester Ursula.«

»Aber ich bin doch die Schwester Hildegard, Herr von Mallinckrott. Ich lasse Sie jetzt beim Herrn Doktor Dröll, und in einer Stunde hole ich Sie wieder, gell.«

»Hallo, Hans-Bernd! Gut schaust du aus.«

»Ich will ehrlich zu Ihnen sein, junger Mann: Ich habe schon drei Zeitschriften abonniert, ich brauche nicht noch eine.«

»Sicher, Hans-Bernd. Hier, ich hab dir ein Fläschchen Cognac mitgebracht, einen Courvoisier Succession JS, den magst du doch so gerne.«

»Du bist es, Ulrich.«

»So ist es, Hans-Bernd.«

»Hast du die Hunde mitgebracht?«

»Nein, Hans-Bernd, aber die Papiere. Ich brauche insgesamt drei Unterschriften: Hier für die Bank, das ist eine Vollmacht für Wilfried und mich, und dieses Papier ist für den Investor.«

»Investor?«

»Ja, du erinnerst dich: Wir hatten darüber gesprochen, dich ein wenig zu entlasten. Und wir waren uns einig, dass der beste Weg der Verkauf an einen seriösen Investor ist.«

»Ich verkaufe nicht an Breschnew!«

»Hans Bernd, der Mann heißt Abramow und ist ein international angesehener Geschäftsmann. Sein Herz schlägt für die Pharmabranche. Und er hat ein großes Herz.«

»Den Spiegel würde ich gerne abbestellen. Den haben Sie mir doch auch angedreht!«

»Hans-Bernd, einfach hier unterschreiben.«

»Alarm! Schwester! Russen im Heim! Alle zum Essen! Frauen und Kinder zuerst!«

»Hans-Bernd … bleib hier! … Scheiße!«

Die Tagung

Donnerstag, 27.9., bis Sonntag, 30.9.

Donnerstag, 14 Uhr 20,
im Auto von Mats Enning

»Du sagst ja gar nichts.«

»Was soll ich denn sagen, Julia?«

»Na ja, ich dachte, du freust dich wenigstens, dass ich mitkomme.«

»Natürlich freue ich mich. Aber du weißt schon, dass das richtig Arbeit wird?«

»Ja klar. Ich will dir ja auch helfen. Wir sind doch ein Team, oder?«

»Wann musst du weg?«

»Die Trauung ist Samstag um 16 Uhr. Um 1 muss ich weg … Sie heiratet in weiß … Ich möchte auch in weiß.«

»Scheiße, ein Stau!«

»Gar nichts Großes. Irgendeine kleine Kapelle …«

»Jetzt fahr schon, Blödmann!«

»Auch kein großes Deko-Gedöns. Nur ein paar Blumen. Was meinst du, Mats?«

»Gib mir mal mein Handy. Wir kommen zu spät. Ich muss im Hotel anrufen.«

Donnerstag, 14 Uhr 21,
im Auto von Zirby und Weus

»Wie kann man nur so bescheuert sein? Ich hab Karten für Bayern. Und wir Idioten machen in irgendeinem Vertreterhotel den Affen.«

»Hört auf euren Manager, Jungs, und lasst uns Professionals sein. Kleinvieh macht nämlich auch Mist. Und wie gesagt, wenn ihr da einen guten Job macht, dann kann ich ganz anders für euch verhandeln. Ihr müsst da perspektivisch denken.«

»Ich kann´s nicht mehr hören. Seit drei Jahren sind wir bei dir unter Vertrag, und seit drei Jahren erzählst du uns, dass wir perspektivisch denken müssen. Und warum müssen wir eigentlich heute schon anreisen, wenn dieser Pharma-Mist erst am Samstag ist?«

»Wir können nur morgen ganz früh proben, weil dann in dem Saal noch was an der Decke repariert werden muss.«

»Das kostet uns zwei Tage für nix.«

»Jetzt bleibt mal cremig, Männer. Der große Olbertzhagen sagt euch jetzt mal was: Im Eventbusiness sitzt das Geld einfach nicht mehr so locker. Ihr wisst ja gar nicht, was da draußen los ist.«

»Für Jennys neue Möpse hat´s aber gereicht, oder? Erzähl uns doch nicht, dass du nicht überall deinen Schnitt machst. Möchte nicht wissen, wie viel du für diesen Gig hier verlangt hast.«

»Jetzt werdet mal nicht ungerecht. Wo wärt ihr denn ohne mich?«

»Auf der Haupttribüne, Unterrang, direkt über der Mittellinie. Um halb 9 ist Anpfiff ... Mensch, Weus, jetzt sag doch auch mal was.«

»Mir ist schlecht.«

»Och ne.«

»Ich hab auch so ein Kratzen im Hals.«

»Sicher.«

»Ganz merkwürdig.«

»Natürlich. Auch irgendwo Krebs?«

»Hör auf, Zirby, mir geht´s wirklich nicht gut. Lutz, können wir nicht absagen?«

»Absagen? Das Wort kenne ich nicht. Ich hätte nicht mal den Zweiten Weltkrieg abgesagt. Und jetzt gib Gas.«

»Aber mir ist echt schlecht.«

»Ja sicher.«

Donnerstag, 14 Uhr 30, Büro von Doktor Ulrich Dröll, Geschäftsführer (CEO) Nosotis AG

»Herr Doktor Dröll!«

»Was gibt´s denn, Angie?«

»Hier, soll ich Ihnen geben. Ein Brief aus Indien.«

»Endlich. Geben Sie her.«

»Warum schreiben die denn einen Brief und keine E-Mail?«

»Möchten Sie einen Kaffee, Angie? Dann sagen Sie doch Schüsschen Bescheid. Für mich auch einen. Kein Zucker, keine Milch.«

»Ja.«

Nosotis of India Ltd.
1114 Bhopal-Place
Z117N Bhavnagar/India

Nosotis Health Care
Management
Mr. Ulrich Dröll
Nosotisallee 9
79618 Rheinfelden

Sehr hochgeehrter Herr Dröll,

gute Nachricht von den Sachen in India. Bruder von Schwager von meine Frau arbeitet für »Bhavnagar Observer«.

Ich ihm habe übergeben Ihren Umschlag mit großzügige Inhalt von Geschenk. Er hat bedankt sehr und geschrieben neuen Artikel von neuem Inhalt. Skandal mit BMM02 ist gar nicht mehr Skandal, sondern jetzt ist nur noch tragischer Unfall, steht in »Bhavnagar Observer« von letzte Woche. Schuld haben jetzt indische Behörden und die verdammten Engländer. Auch fünfköpfige Kommission von Bezirksstaatsanwalt hat keine Schuld von Firma gefunden. Waren aber nur vier Umschläge. Kommission fragt nach fünftem Umschlag.

Mister Sani und Mister Chopra sind Problem beide. Niemand weiß nicht, wo sind. Umschläge liegen noch bei mir auf Tisch.

Wir haben geändert Rezeptur von BMM02 und ausprobiert an Tiere. Alle tot. Aber vielleicht geht ja bei Menschen. In Umschlag ist rote Röhrchen mit neue Rezeptur. Vielleicht für Test in Deutsche Labor.

Ich mir mache keine Sorgen. Shiva weiß, dass wir sind auf dem Weg des Lichts.

Viel Grüß,
Ravi Tandoor
Vice President / Nosotis of India

»Ihr Kaffee. Was sind denn das für Pillen in dem roten Röhrchen?«

»Danke, Angie. Lassen Sie den Wagen vorfahren. Wir müssen los nach Bad Lengental. Und vergessen Sie nicht den Wagen zum Flughafen. A.A. landet um 10 vor 5.«

»Soll auf der Rückbank wieder ›Das blonde Gerät aus der PR-Abteilung‹ sitzen?«

»Auf keinen Fall. A.A. bringt seine Freundin mit. Eine Deutsche übrigens und ziemlich clever.«

Donnerstag, Aushang in der Küche des Selina Kur- und Kongresshotels«

Aushang

Main-Taunus-Kreis
Kreisverwaltung
Abt. Wirtschaftskontrolldienst
65243 Hufheim am Taunus

Sehr geehrte Damen und Herren,

bei der Kontrolle der Küche und der angrenzenden Kühlanlage im »Selina Kur- und Kongress-Hotel Bad Lengental wurden am 10. September folgende Mängel festgestellt:

1. *Die Aufschnittmaschine und die Sahnespender waren nicht gereinigt und wiesen Verschmutzung sowie starken Bakterienbefall auf.*
2. *Die Silikonfugen hinter den Herden und Spülen zeigten starken Schimmelbefall.*
3. *Die Dichtungen sämtlicher Kühleinrichtungen (Schränke, Truhen, Kühlhaus) wiesen ebenfalls Befall von Pilzsporen auf.*
4. *Das Handwaschbecken war nicht funktionstüchtig. Darüber hinaus fehlten auf der Personaltoilette Papierhandtücher und ein entsprechender Abwurfbehälter.*
5. *Frische ungereinigte Lebensmittel (Salat, Zwiebeln, Kartoffeln) wurden mit fertig zubereiteten Speisen (Erdbeertorte, Lasagne) gemeinsam gelagert.*

6. *Im Fleisch-Kühlhaus fanden sich 250 Kilo Schnitzelfleisch vom Schwein in offenbar verdorbenem Zustand (grünliche Verfärbung, schmierige Oberfläche, starker Geruch). Das Ergebnis der Laboruntersuchung geht Ihnen gesondert zu.*
7. *Die Temperatur im Fleischkühlhaus betrug zum Zeitpunkt der Kontrolle plus 9 Grad, der Thermostat war defekt.*

Wir fordern Sie auf, die festgestellten Mängel unverzüglich zu beseitigen. Falls wir bei einer unangemeldeten Kontrolle innerhalb der nächsten acht Wochen erneut Mängel feststellen, müssen Sie mit weit reichenden Konsequenzen rechnen.

Mit freundlichen Grüßen,
P. Scharfköter, WKD

P.S. DIESES SCHREIBEN IST IM KÜCHENBEREICH FÜR JEDEN MITARBEITER SICHTBAR AUSZUHÄNGEN!!!

Donnerstag, 15 Uhr 30, Limousine von Doktor Dröll

»Seidler!«

»Ja, Herr Doktor Dröll.«

»Machen Sie mal das Radio an. Und geben Sie Gas, Mann. Wir haben ja schon mehr Fliegen auf der Heckscheibe als vorn.«

»Ja, Herr Doktor Dröll.«

Krkkr

»Hey, hier ist die Gute-Laune-Garantie mit Soundantenne FM! Ihr hört die Zirby & Weus-Show.«

»Mensch, Annika, du bist doch nicht Zirby.«

»Nein, Oli, aber du bist auch nicht Weus. Ha, ha, ha! Zirby und Weus drehen heute Abend nämlich das ganz große Rad. Die treten bei einem Ultrapromi-Event in Monte Carlo auf.«

»Wow, Annika! Und sind sie schon auf dem Weg dorthin?«

»Klar, Oli. Und zwar in einem blitzsauberen Auto.«

»Blitzsauber? Sag bloß, die beiden waren vorher noch in einer IBU-Waschstraße?«

»Sicher. Denn nur IBU-Waschstraßen bieten die Rundum-Sorglos-Pflege für Ihren Autolack. Diese Woche zum Aktionspreis für nur 8 Euro 99, mit IBU-Colour-Care-Heißwachs!«

»Mensch, Annika, wird´s nicht Zeit für unsere Meldung des Tages?«

»Klar, Oli, und die kommt heute aus der Schweiz. Aus einem Altersheim in Zürich ist gestern ein alter Mann verschwunden. Keine Panik, der Mann soll noch ganz fit sein, aber manchmal nicht ganz klar im Oberstübchen. Das sieht man auch daran, dass er heimlich von allen anderen Heimbewohnern die Hunde eingesammelt hat und dann mit denen verschwunden ist.«

»Fünfundzwanzig Hunde! Wahnsinn!«

»Zuletzt wurde der Mann in der Nähe der deutschen Grenze gesehen. Also liebe Hörer von Soundantenne FM, wenn´s bei Ihnen demnächst bellt im Vorgarten, können Sie schon mal jede Menge Chappi bereithalten.«

»Ha, ha, ha! Und jetzt das alleraktuellste mit dem allerbesten Verkehrsservice von Soundantenne FM ...«

»Moment mal, Seidler. Haben Sie das gehört?«

»Was denn, Herr Doktor Dröll?«

»Na dieser Alte da. In Zürich. Mit den Hunden.«

»Tut mir leid. Ich kann bei diesem Mist nie richtig zuhören.«

»Ich muss in Zürich anrufen, und mein Akku ist leer. Fahren Sie da vorn mal rechts ran.«

Donnerstag, 17 Uhr 30, Foyer des Selina Kur- und Kongresshotels

»Guten Tag, Enning mein Name. Willkommen bei den ›Nosotis anniversary days‹. Ich darf Ihnen schon mal das

Programm für das Wochenende überreichen, Ihr Namensschild und Ihren Zimmerpass bekommen Sie hier rechts bei meiner Kollegin, Frau Machalit.«

»Guten Tag; Julia Machalit mein Name ... Herr Krautweiß? ... Sie haben Zimmer 220 ... Ja, das ist ein Raucherzimmer ... Nein, die Minibar ist leer. Getränke bekommen Sie aber jetzt schon bei einem kleinen Welcome an der Bar ... Ja, ich werde heute Abend auch dabei sein ... Danke für das Kompliment ...«

»Guten Tag, Enning mein Name. Willkommen bei den ›Nosotis anniversary days‹. Ich darf Ihnen schon mal das Programm für das Wochenende überreichen, Ihr Namensschild und Ihren Zimmerpass bekommen Sie hier rechts bei meiner Kollegin, Frau Machalit.«

»Guten Tag, Julia Machalit mein Name ...«

Donnerstag, 17 Uhr 33,
Mülleimer des Zimmers 220

Nosotis Anniversary Days

Programm

Liebe Kollegen,

es ist ein schöner Anlass, der uns an diesem Wochenende zusammenführt. Unsere Nosotis wird 80, und wir wollen das in den kommenden Tagen gemeinsam feiern. Ich freue mich.

Darüber hinaus wollen wir die Gelegenheit nutzen, um uns fit zu machen für die Herausforderungen der Zukunft. Damit wir auch in 80 Jahren noch Grund zum Feiern haben.

Ich wünsche Ihnen trotz der Seminararbeit erholsame und fröhliche Tage hier in Bad Lengental.

Herzlichst Ihr Ulrich Dröll

Donnerstag, 27.9.

17.30 Uhr bis 19.30 Uhr

Check in am Nosotis-Desk im Foyer.

Wichtig!!! Die Namensschilder müssen während der gesamten Veranstaltung getragen werden. Bitte nicht tauschen !

20 Uhr bis 22.30 Uhr

Abendessen im Hotelrestaurant Mainperle

Wichtig! Wein und Bier werden glasweise serviert !

Wichtig!! Während des Essens ist das Rauchen verboten. Auch auf den Toiletten.

22.30 Uhr bis 23 Uhr

Gemütliches Beisammensein an der Hotelbar.

Freitag, 28.9.

6.30 Uhr bis 7.30 Uhr

Gemütliches Schlemmerfrühstück im Hotelrestaurant Mainperle

Wichtig! Frühstücksgutscheine einzeln abgeben. Die Gutscheine gelten nur für das Frühstück und können nicht gegen Getränke eingetauscht werden.
Wichtig!! Während des Frühstücks ist das Rauchen verboten. Auch auf den Toiletten.

7.45 Uhr bis 10 Uhr
Seminar Teil 1 in den Konferenzräumen A bis F
(Namenslisten am Eingang)
Wichtig!!! Pflichtveranstaltung.
Thema: »Nosotis goes Future – Mehr Effizienz/Weniger Manpower«

10 Uhr bis 10.15 Uhr
Gemütliche Kaffeepause

10.15 Uhr bis 13.15 Uhr
Seminar Teil 2 in den Konferenzräumen A bis F
(Namenslisten am Eingang)
Wichtig!!! Pflichtveranstaltung
Thema: s.o.

13.30Uhr bis 14.30 Uhr
Gemütliches Mittagessen im Hotelrestaurant Mainperle
(Rauchverbot s.o.)

14.45 Uhr bis 18.30 Uhr
Seminar Teil 2 in den Konferenzräumen A bis F
(Namenslisten am Eingang)
Wichtig!!! Pflichtveranstaltung
Thema: »Nosotis goes Future – Mehr Einsatz/Weniger Zukunftsangst«

20 Uhr bis 22.30 Uhr

Abendessen im Hotelrestaurant Mainperle
Wichtig!! Wein und Bier werden glasweise serviert!
(Rauchverbot s.o.)

22.30 Uhr bis 23 Uhr

Gemütliches Beisammensein an der Hotelbar.

Samstag, 29.9.

6.30 Uhr bis 7.30 Uhr

Gemütliches Schlemmerfrühstück im Hotelrestaurant Mainperle
Wichtig! Frühstücksgutscheine einzeln abgeben. Die Gutscheine gelten nur für das Frühstück und können nicht gegen Getränke eingetauscht werden.
(Rauchverbot s.o.)

7.45 Uhr bis 10 Uhr

Seminar Teil 2 in den Konferenzräumen A bis F
(Namenslisten am Eingang)
Wichtig!!! Pflichtveranstaltung.
Thema: »Power Business – Bin ich wirklich gut genug?«

10 Uhr bis 10.15 Uhr

Gemütliche Kaffeepause

10.15 Uhr bis 13.15 Uhr

Seminar Teil 2 in den Konferenzräumen A bis F
(Namenslisten am Eingang)
Wichtig!!! Pflichtveranstaltung
Thema: »Power Business – Warum die Kette am schwächsten Glied reißt.«

13.30 Uhr bis 14.30 Uhr

Gemütliches Mittagessen im Hotelrestaurant Mainperle (Rauchverbot s.o.)

14.45 Uhr bis 18.30 Uhr

Seminar Teil 2 in den Konferenzräumen A bis F
(Namenslisten am Eingang)
Wichtig!!! Pflichtveranstaltung
Thema: s.o.

19 Uhr bis open End

Eröffnung des großen Nosotis-Jubiläumsabends im Kongresssaal durch Doktor Ulrich Dröll (CEO). Gala-Diner, Musik, Tanz und viele Überraschungen.

0 Uhr

Anniversary-Tombola und große Festansprache des CEO Doktor Dröll.

Sonntag, 30.9.

7 Uhr bis 9 Uhr

Gemütliches Frühstück im Hotel-Restaurant Mainperle.
Anschließend Check out und individuelle Abreise.
(Rauchverbot s.o.)

Wichtig!!! Pay-TV-Rechnungen müssen vor der Abreise bezahlt werden. Unbezahlte Rechnungen werden ab Montag (mit Angabe der Filmtitel) am Eingang der Werkskantine zur nachträglichen Bezahlung ausgehängt.

Donnerstag, 21 Uhr 10, Wellnessbereich des Selina Kur- und Kongresshotels

Donnerstag: Wenn ich gestern in dieses Tagebuch geschrieben habe, dass es kaum noch schlimmer werden kann, dann habe ich mich wohl geirrt. Wir sind jetzt in Deutschland im Selina-Hotel Bad Lengental. Ein fürchterlicher Schuppen. Vertreterhotel mit abgelaufenen Teppichböden, Landschaftsbilder eines »lokalen Meisters« und 80er Jahre-Badezimmer mit braunen Fliesen. Und dann die Duschvorhänge! Igitt! Diese glitschigen Dinger, die sich ganz an den Körper pappen. Bin den Pilz doch gerade erst los. Nicht dran denken. Das Schlimmste aber sind diese Nosotis-Leute. Lauter rotgesichtige Außendienstler in schlecht sitzenden Anzügen, die man nie ohne Glas in der Hand und eine Kippe im Mund antrifft. Ich frage mich, was wir hier eigentlich sollen. Dodo wirkt recht angespannt. Irgendwie habe ich bei der ganzen Sache kein gutes Gefühl.

Donnerstag, 21 Uhr 15, Suite von Doktor Wilfried Buchlehner, CFO Nosotis

»Herein! Ah, Ulrich du bist es. Ist A.A. schon da?«

»Ja. Und er will die Papiere sehen, mit der Unterschrift vom Alten.«

»Wir sitzen in der Scheiße, Ulrich. Der alte Schwachkopf irrt mit einem Haufen Hunde irgendwo durch Süddeutschland. Wie sollen wir da an seine Unterschrift kommen? Und es fehlt auch immer noch die Zulassung für BMM02.«

»Ganz ruhig. Hier, das ist die vorläufige Zulassung von einer indischen Behörde, die ich letzte Woche erfunden habe.«

»Ulrich ...«

»Und was den Alten angeht: Ich habe seine Entmündigung beantragt.«

»Entmündigung! Das dauert ewig. Wochen. Monate. Und was ist, wenn irgendwo ein Scheißneffe in Uruguay auftaucht?«

»Ganz ruhig, Wilfried. Ich hab hier den Füller vom Alten. Sozusagen aus Versehen eingesteckt, beim letzten Besuch in Zürich.«

»Ja und?«

»Wilfried ... komm schon ...«

»Du willst doch nicht?«

»...«

»Du willst es.«

Donnerstag, 22 Uhr,
Hotel-Restaurant Mainperle

»Bedienung! Ist das hier die Sahara-Bar oder was? Wir verdursten!«

»Oder bringen Sie uns einen feuchten Schwamm, uns platzen ja schon die Lippen auf. Ha, ha, ha, ha!«

»Bitte sehr, die Herren. Noch ein Gläschen von dem Dornfelder.«

»Ja. Und lass die Flasche gleich hier, Schätzchen. Dann musst du nicht so oft rennen. Wir sind Außendienstler. Und Außendienst macht durstig.«

»Ich darf den Wein nur glasweise ausschenken, Herr Krautweiß.«

»Krautweiß ist der da. Wir haben die Namensschilder getauscht. Ich bin Remmler. Wie Rammler, nur mit ›e‹. Ha, ha, ha!«

»Die Zimmer haben wir aber nicht getauscht. Ich hab Zimmer 220, Schätzchen. Ha, ha, ha! Und außerdem … Oh, weg is sie.«

»Bei der hast du keine Chancen, Krautweiß. Die will mich. Die könnt mich haben, ha, ha, ha!«

»Hast du das Programm schon gelesen?«

»Ne. Nur kurz und dann ab in den Müll. Is doch eh immer dasselbe.«

»Weiß nicht. Liest sich irgendwie komisch. Die hamm was vor.«

»Scheiß drauf! Prost! Ohne uns läuft doch gar nix.«

Donnerstag, 23 Uhr 40,
irgendwo im Südschwarzwald

»Mich kriegen die nicht. Mich nicht. Ich bin schon mal durch die Wolga geschwommen. Der Iwan, einfach zu blöd. Ruhig, Hasso! Ruhig, Bello! Ruhig, Bruno! Sitz! Alle machen Sitz! Brav! Euch kriegen die auch nicht. Schwester Hedwig, einfach zu blöd. Ich bin müde. Feuerpause. Alles hab ich aufgebaut. Ich. An einen Russen verkaufen. Dem werde ich was erzählen. Wem eigentlich? Mir den Füller klauen und glauben, ich hätte es nicht gemerkt. Keiner liest aus ›Mein Kampf‹. Das geht doch nicht. Ruhig, Arco! Ruhig, Waldi! Ruhig, Rambo! Diese Hunde, einfach zu blöd.«

Freitag, 0 Uhr 30, Zimmer 304 (Mats Enning).

Pip-Pip-Piiiiip

»Och ne, ich hab schon geschlafen, Mats. Wer schickt dir denn jetzt noch ´ne SMS?«

»Weiß auch nicht. Mal gucken«

```
Schläfst Du schon? Wäre schade. Bräuchte
was zum Wärmen. Zimmer 219. Deine Freundin
muss ja nicht alles wissen☺. Dr. Dröll auch
nicht. Ich warte. Angie
```

»Verdammt. Ich muss noch mal weg, Julia.«

»Och nö.«

»Doktor Dröll. Nervt mich ja selbst.«

»Kuschelst du dich an mich, wenn du wiederkommst.«

»Klar.«

Freitag, 0 Uhr 32, Suite von Alexej Abramow

»Eva, was ist?«

»Weiß nicht.«

»Nicht mal bisschen?«

»Ach du.«

»Vielleicht hier so … oder da … oder da unten.«

»Ach Alexej, dieses ganze Übernahme-Ding beschäftigt mich. Zum Beispiel dieses Zeug aus Indien. Du kaufst doch da die Katze im Sack.«

»Eva, wie oft noch? Ist Geschäft. Mein Geschäft. Ich nicht dumm. Ich prüfe vor Ort. Gut?«

»Ja, okay. Aber …«

»Kein Aber und keine Fragen mehr. Übermorgen alles ist vorbei.«

»Versprichst du mir wenigstens, dass das kein krummes Ding ist, was hier läuft?«

»Eva, Ding ist gerade. Willst du sehen unter Decke?«

»Ach Alexej.«

Donnerstag, 0 Uhr 40, Zimmer 219
(Angelika Laumann)

»Mhmmm … Mats … gut … Ja … Da … Genau da … Mhmmmm.«

Freitag, »Rheinisches Tagblatt«, Panoramaseite

Ist Geld wirklich alles ?

Wie Verantwortung ein Fremdwort wurde

Von unserem Beobachter Klaus Gossip

So mancher staunt nicht schlecht, wenn er in diesen Tagen die Nachrichten aus der Wirtschaft verfolgt. Unternehmen mit klangvollen Namen werden da mir nichts dir nichts aufgekauft, restrukturiert, gesund geschrumpft, zerschlagen, zerstampft, vernichtet. Und warum? Wie so oft ist die Jagd nach dem schnöden Mammon die einzige Triebfeder für das Handeln moderner Manager. Schauen wir uns diese Spezies genauer an. Der moderne Manager ist Mitte 30, denn mit 40 ist er schon zu alt. Er trägt Maßkleidung, fliegt Business Class, hat den ganzen Tag ein Handy am Ohr und ständig die aktuellen Aktienkurse auf dem Display seines BlackBerry. Er denkt in Zahlen. Aber fühlt er auch? Diese Frage muss erlaubt sein, denn ohne mit der Wimper zu zucken, entlassen aalglatte Elite-Uni-Absolventen mit fünf Millionen Jahresgehalt Hunderte wenn nicht gar Tausende Angestellte und stoßen sie die Treppe des sozialen Abstiegs hinunter. Verantwortung ist für diese »Sanierer« ein Fremdwort, wenn nicht gar ein Schimpfwort. Um so ernüchternder ist, dass die Generation der Firmenlenker um die 50 auch nicht besser ist. Ohne Not ziehen sie windige Investoren in ihre Firmen, treiben den Aktienkurs mit allen Mitteln nach oben und suchen dann mit horrenden Abfindungen und Aktienverkäufen das Weite.

Wie anders war da doch die Generation der Firmengründer nach dem Krieg. Aus dem Nichts und mit bloßen Händen schufen sie ihre Imperien. Kein Weg war ihnen zu steinig. Keine Herausforderung zu groß. Und nie – ich betone nie – verloren sie dabei das Wohl ihrer Mitarbeiter aus den Augen. Denken wir nur an Männer wie Hans Bernd von Mallinckrott, der bis zum heutigen Tage die Fäden beim Pharmariesen Nosotis in Händen hält. Trotz seines hohen Alters ist er ein Garant für Menschlichkeit und Fairness in der harten Welt der Global Player. Beeindruckend sind noch immer seine analytischen Fähigkeiten und sein visionärer Geist. Man möchte flehend die Hände zum Himmel heben und rufen: »Oh, wären doch mehr Unternehmer aus diesem Holz geschnitzt!« Denn dann, liebe Leserinnen und Leser, hielten wieder mehr Wärme und Gerechtigkeit Einzug in unsere oft so kalte Welt.

Freitag, 7 Uhr, Mailbox von Mats Enning

»Guten Tag. Sie sind mit EN-Connect in Berlin verbunden. Alle unsere Mitarbeiterplätze sind zur Zeit belegt. Hinterlassen Sie bitte eine Nachricht, wir rufen zurück. Hello, this is EN-Connect in Berlin. We are busy at the moment. Please leave a message after the beep."

Piep

»Herr Enning, La Rue hier, Hoteldirektor. Ich such Sie schon überall im Haus. Kommen Sie doch bitte mal in meinem Büro vorbei, gleich neben der Rezeption. Damit Sie sich schon mal seelisch darauf vorbereiten können: Letzte Nacht hat jemand die Hotelbar aufgebrochen, mit einem herausgebrochenen Handtuchhalter von der Toilette. Sie können mir glauben, dass ich schon viel erlebt habe, aber dass mir nachts sämtliche Whisky- und Cognacflaschen aus der abgeschlossenen Bar geräumt wurden, ist wirklich neu. Natürlich kann ich nicht beweisen, dass es die Nosotis-Leute waren. Aber sie waren es. Und Sie sind mein Ansprechpartner, Herr Enning. Ich möchte, dass so was nicht mehr vorkommt und dass der entstandene Schaden – von wem auch immer – beglichen wird. Mineralwasser ist übrigens keins geklaut worden. Bitte melden Sie sich.«

Piep

Freitag, 7 Uhr 4, Zimmer 304 (Mats Enning)

»Mats, du Penntüte! Du schläfst ja immer noch. Kein Wunder, wenn du die halbe Nacht unterwegs bist. Los, wach auf! Ich muss dir was erzählen. Stell dir vor, was mir gerade unten im Schwimmbad passiert ist. Ich wollte da rein, weil das eigentlich ab halb 7 offen sein soll. Denkste. Da standen plötzlich zwei fiese Typen vor der Tür, so mit Anzug und Sonnenbrille, wie in ´nem schlechten Film. Als ich vorbei wollte an denen, haben die nur gesagt ›Njet‹. Angeblich ist bis 10 Uhr gesperrt. Für wen denn, hab ich gefragt, aber die haben nicht mal geantwortet und mich zurückgeschickt. Aber nicht mit mir. Da war ich dann doch neugierig. Ich bin einfach durch den Technikraum hinten auf die Terrasse und dann runter zum Schwimmbad. Ganz schön kalt nur im Bademantel. Und jetzt stell dir vor, wen ich da durch die Scheibe gesehen hab. Diesen Abramow. Du weißt schon, dieser stinkreiche Russe, der ständig irgendwas kauft: Fußballvereine, Schlösser, Hotels. Was will denn der hier in diesem Braucht-kein-Mensch-Hotel? Vielleicht will er es kaufen und abreißen. ´ne, Frau war auch dabei, so ´ne Blonde, aber sonst war da kein Mensch. Das ist doch der Hammer oder? Der Abramow ... Ach Mats! Jetzt steh doch mal auf. Was war denn da so wichtig mit dem Dröll heute Nacht? Mats!«

»Ja, ja ... Russe ... Dröll ... war wichtig ... nur noch 5 Minuten.«

Freitag, 7 Uhr 10, Hotelrestaurant Mainperle

»Du siehst grauenhaft aus, Remmler.«

»Du auch, Krautweiß.«

»Ja aber bei mir sieht man wenigstens noch die Augen. Hast du deine auf dem Zimmer vergessen?«

»Sehr lustig, Remmler. Ich hab die halbe Nacht nicht gepennt. Neben mir, in 219, ist irgend so ein notgeiles Tier über einen Typen hergefallen. Da haben die Wände gewackelt.«

»219, ist das eine von uns?«

»Keine Ahnung. Schwer zu sagen, wenn man nur spitze Schreie hört. Und du?«

»Ich war noch bis 4 an der Bar.«

»Die war doch schon um halb 12 zu.«

»Trotzdem.«

»Du siehst einfach furchtbar aus, Krautweiß.«

»Du auch, Remmler.«

Freitag,
Aushang in der Seniorenresidenz Bella Vista, Zürich

Liebe Senioren,

das bringt der Tag:

7 Uhr: Nach dem Frühstück treffen wir uns zum Brain-Jogging im Rütli-Pavillon. Nicht vergessen. Die Rüstigen helfen den Rollstuhlfahrern die Wendeltreppe hinauf.

9 Uhr: Schwester Hedwig liest aus »Tim und Struppi. Als Struppi verschwunden war«.

11 Uhr Mittagessen:
Bärlauchcremesüppchen »Berner Art«
Heringsgelee in Aspik
Reisbrei mit Zimt und Rhabarbermus

12 Uhr bis 14 Uhr: Mittagsruhe

14 Uhr bis 16 Uhr: Aus aktuellem Anlass entfällt das Promenadenkonzert mit dem Rütliquintett. Stattdessen laden wir ein zu zwei Vorträgen im Auditorium.

1. *»Flucht ist keine Lösung«, mit Herrn Doktor Endenaht (Heimleitung)*
2. *»Leben ohne Haustiere«, mit Frau Doktor Seelchen (Heimleitung)*

16 Uhr bis 17 Uhr: Besuchszeit

17 Uhr Abendessen:
Kalt/warmes Büffet mit Bärlauchcremesüppchen, Heringsgelee und Reisbrei

19 Uhr, Premiere: Major Wolfberg liest aus seinem Erstlingswerk »Hanni und Nanni auf dem Obersalzberg« Teil 1. (Teil 2, morgen, 19 Uhr)

22 Uhr 30, Nachtruhe

Freitag, 8 Uhr 30, Suite von Doktor Dröll

»Haben Sie das Catering für die Suite von A.A. bestellt? Ich will nicht, dass er den Fraß hier aus dem Hotel kriegt.«

»Ja, Herr Doktor Dröll. Kommt gegen 19 Uhr.«

»Sehr gut. Sie sehen müde aus, Angie, aber hübsches Kleid. Oder ist das wieder eine Bluse?«

»Nein, ein Kostüm.«

»Trotzdem hübsch. Noch was?«

»Ja. Unser Labor bittet um dringenden Rückruf. Die sagen, was die Ihnen aus Indien weitergeleitet hätten, sei lebensgefährlich.«

»Ja, ja, ich kümmere mich darum. Danke, Angie.«

»Herr Doktor Dröll.«

»Danke, Angie.«

»Herr Doktor, ich will mich nicht einmischen, aber ich finde, ich habe ein bisschen mehr Vertrauen verdient. Ich muss Ihnen ja wohl nicht sagen, dass das Passwort für das Asien-Geschäft geändert wurde und ich keinen Zugriff mehr auf gar nix habe. Keinen Briefwechsel, keine Daten, kein Nichts. Wie soll ich denn da meine Arbeit machen?«

»Angie, damit eins klar ist: Ich entscheide, wer was wann und wo zu sehen kriegt. Ich wüsste nicht, warum ich da in Ihrem Fall eine Ausnahme machen sollte.«

»Vielleicht weil ich seit zehn Jahren bei Ihnen bin. Und ich finde, an meiner Loyalität besteht kein Zweifel. Oder glauben Sie vielleicht, die Döhring aus dem Vorzimmer von Buchlehner hätte die Sache mit Abramow hier in Bad Lengental so diskret geregelt. Das würde doch längst in der Zeitung stehen.«

»Da haben Sie es: Schon dieser Zickenkrieg mit der Döring nervt. Unprofessionell, Angie. Seien Sie froh, wenn ich die Dinge mit kühlem Kopf regle. Ist auch besser für Sie.«

»Das finde ich jetzt einfach …«

»Danke, Angie. Und das sage ich nicht noch mal.«

Freitag, 8 Uhr 45, Kongresssaal des Selina Kur- und Kongresshotels

»Herr Enning? Ich bin Lutz Olbertshagen, Manager von Zirby und Weus.«

»Tag, Herr Olbertshagen. Wo sind denn Zirby und Weus?«

»Feilen noch am Text. Kommen Sie mal hier rüber, da würde ich mich nicht hinstellen. Da muss ein Loch in der Decke sein, bin auch schon klatschnass. Und streuen die hier noch Salz? Hier ist es ja arschkalt.«

»Das wird alles repariert, machen Sie sich keine Sorgen. Bei meinen Events läuft´s am Ende immer richtig rund.«

»Sicher.«

»Ich hatte Ihnen ja das Briefing gemailt. Ich weiß, dreißig Seiten sind viel, aber die beiden haben sich ja sicher da durchgearbeitet.«

»Sicher.«

»Gut. Mein Kunde erwartet natürlich schon, dass das Programm der beiden speziell auf Nosotis zugeschnitten ist.«

»Kein Thema. Vollprofis. Außerdem habe ich noch zwei Gagschreiber engagiert, auf meine Kosten. Glauben Sie mir, Herr Enning, es wird richtig krachen morgen Abend.«

»Sicher.«

»Pures Gagdynamit. Die Leute werden sich wegschmeißen.«

»Sicher.«

Freitag, 9 Uhr 30, Wintergarten des Selina Kur- und Kongress-Hotels

Freitag. Die halbe Nacht dieses Tagebuch gesucht. Dachte schon, Dodo hätte es gefunden. Alles muss er auch nicht wissen. Furchtbar langweilig hier. Und das Essen ist eine Katastrophe. Zum Frühstück gab´s »Frischen Obstsalat mit Früchten der Saison«. Hundertprozentig aus der Dose. Bei den Rühreiern hat sich der Koch nicht mal mehr Mühe gegeben zu verbergen, dass die Eimatsche aus dem Tetrapack kommt. Und auf dem Buffet Pressschinken, Presswurst, Presskäse … Buaä! Dodo scheint das alles nichts auszumachen. Der ist ohnehin mit den Gedanken woanders. Hab auf seinem Nachttisch Papiere gefunden. Wollte gar nicht schnüffeln. Aber es geht um diese Indien-Sache. Mit Kuli steht am Rand »Zulassung!«. Was heißt das? Kann Dodo nicht fragen, dann weiß er, dass ich geschnüffelt habe. Vielleicht guck ich mal im Netz. Hier kann man eh nichts machen. Die Sauna ist auch furchtbar. Wenn schon so ein Schild an der Wand hängt »Kein Schweiß aufs Holz!«. Deutschland! Shoppen war ich auch schon. In der »Fußgängerzone« hat man die Wahl zwischen drei Optikerketten, vier Drogeriemärkten, »Gerdas Modeparadies« und der »Taunus Fashion Factory«. Oh Hilfe! Alles einfach nur merkwürdig. Wenn man hier aus dem Wintergarten guckt, sieht man zum Beispiel einen Marterpfahl im Garten und sechs Indianerzelte. Manitu allein weiß, was hier los ist.

Freitag, 9 Uhr 35, Konferenzraum C des Selina Kur- und Kongresshotels

»Sicher, Sie können jetzt sagen: Der Typ da vorn hat gut reden, der ist ja nicht wie ich im Außendienst. Der weiß ja nicht, was ich jeden Tag leisten muss. Der weiß ja nicht, mit welchen Widerständen ich zu kämpfen habe. Der weiß ja nicht, dass der Einkäufer von der Klinikapotheke in XY ein Idiot ist und mir nichts abkauft. Nein, das weiß ich auch nicht. Und soll ich Ihnen was sagen? Das muss ich auch gar nicht wissen. Aber ich weiß, wer ich bin und wie ich mehr aus mir machen kann. Ja, ich sage bewusst ›Ich‹. Und das sollten Sie auch tun. Los, wir tun es gemeinsam: Ich, Ich, Ich, Ich! Na also. Und ab Montag gehen Sie ganz anders da raus. Denken Sie daran: Ich bin gut! Ich habe Spitzenprodukte! Ich bin kompetent! Ich bin freundlich! Ich habe ein sicheres Auftreten! Ich habe Humor! Ich! Ich! Ich!

Und wenn Sie das draufhaben, dann kann Ihnen keiner mehr was. Dann stimmen auch Ihre Zahlen. Dann sind Sie fit für die Zukunft. Dann brauchen Sie sich keine Sorgen zu machen. Denn unter uns: Sie müssen sich Sorgen machen. Wir alle müssen uns Sorgen machen. Und was tun wir dagegen? Wir sind einfach gut. Wir stellen uns vor den Spiegel und fragen: Wer ist der verdammt beste Außendienstmitarbeiter der Welt? Und die Antwort ist natürlich: Ich! Ich! Ich!.«

»Ich sag dir was, Remmler, diese Motivationstrainer sind doch alles Vollidioten. Ich, ich, ich könnt´ kotzen.«

»Ruhe, Krautweiß!«

Freitag, 10 Uhr, Zimmer 304 (Mats Enning)
des Selina Kur- und Kongresshotels

Düdelüdelüdelüd

»Julia Machalit, EN Connect!«

»Dröll hier. Geben Sie mir mal den Enning.«

»Herr Enning ist drüben im Kongresssaal. Kann ich Ihnen weiterhelfen?«

»Nee. Aber schön zu hören, dass er überhaupt hier ist. Die Veranstaltung läuft schon seit gestern Abend, und ich habe ihn noch kein einziges Mal gesehen.«

»Sie haben ihn noch nicht gesehen?«

»Nein. Aber es wird Zeit. Der soll sich bei mir melden … Sind Sie noch dran?«

»Äh … ja. Entschuldigung. Ich sag´s ihm.«

Freitag, »Odenwälder Tagblatt«, Lokalteil, Rubrik: Buntes aus dem Odenwald

Erbach. Einen ungewöhnlichen Fund machten Spaziergänger am Donnerstagabend im Fürstenforst bei Erbach. Ein oder mehrere Unbekannte hatten dort ein Lager aufgeschlagen. Neben der noch warmen Feuerstelle fanden sich 24 angeleinte Hunde verschiedener Rassen, die in einem guten Zustand waren. Die Hunde wurden zunächst im örtlichen Tierheim untergebracht. Die herbeigerufene Polizei fand darüber hinaus in den Resten des Feuers das offenbar abgenagte Skelett eines Lagotto Romagnolo-Welpen. Hinweise auf den oder die Hundehalter bitte an die Polizei in Erbach.

Freitag, 11 Uhr 12, Zimmer 219 (Angelika Laumann) des Selina Kur- und Kongresshotels

» … dass ich nicht lache: Der große Doktor Dröll entscheidet, wer was wann und wo zu sehen kriegt. Ohne mich wüsste der doch manchmal gar nichts. Wer hält ihm denn den Rücken frei? Wer schaufelt ihm denn die Drecksarbeit weg? Wer lügt denn für ihn, wenn seine Frau anruft? Aber damit ist jetzt Schluss. Nicht mehr mit mir, Herr Doktor Dröll. Vielleicht sollte ich einfach runtergehen und in den Seminarräumen mal erzählen, dass nächstes Jahr die Hälfte der Leute rausgeschmissen werden soll. Genau. Vielleicht sollte ich mal erzählen, wer oben in der Suite im 4. Stock sitzt und schon die Messer wetzt. Zehn Jahre und dann so was. Das wirst du mir büßen. Unterschätz mich nur. Aber ich muss es schlau anfangen …«

Freitag, 11 Uhr 30, Bundesstraße 275, vor Willis Pommes-Bunker

»своей практической деятелъности, но в первую очередь студентам.«

»Немецко-русского фразеологического словаря словаря Л.Э. Биновича. Кроме прочего это.«

»Lass uns reden deutsch, Dimitri. Das versteht hier in Taunus auch kein Mensch.«

»Also Alexej, ich war in Bhavnagar, wie du gesagt. Essen sehr scharf. Toiletten sehr schmutzig.«

»Komm zur Sache, Dimitri. Was ist mit Medikament BMM?«

»Alles gut. Ich habe getroffen Vizepräsident von Nosotis of India, heißt Ravi Tandoor. Ich ihm gegeben Umschlag, damit Wahrheit sagt.«

»Sehr gut, Dimitri. Und?«

»Alles gut. Er hat mir gezeigt Zulassung für Indien. Indien sehr streng bei Zulassung. Er sagt Medikament ist großartig. Viele Tests. Alle fit.«

»Sehr gut, Dimitri, sehr gut. Aber warum gibt keine Zulassung von FDA in Amerika oder Bundesblabla-Amt in Berlin?«

»Tandoor sagt, Unterlagen gerade erst auf Weg. Dauert. Aber alles normal. Geht auch nicht schneller mit Umschlag.«

»Gut, Dimitri. Dann ich kann Geld freigeben für Schweiz. Willst du Currywurst? Hier gibt.«

»Is scharf?«

»Sehr scharf. Und Toilette schmutzig.«

Freitag, 12 Uhr 2, Büro von Hoteldirektor Benjamin La Rue

»Hören Sie, Herr Enning, diese Sache mit der Bar …«

»Nein, Herr La Rue! Sie hören mir jetzt mal zu: Ich bin ehrlich gesagt ziemlich sauer. Vieles von dem, was Sie mir zugesichert haben, klappt nicht. Im Kongresssaal regnet´s ja immer noch durch die Decke. Außerdem ist es da saukalt. Ich denke, die Heizung wurde repariert. Dann das Essen. Eine Katastrophe. Dass wir keine Ausfälle zu beklagen haben, liegt wohl nur daran, dass Außendienstler allerhand gewöhnt sind. Und haben Sie mir nicht versprochen, dass das Hotel ausschließlich für unsere Veranstaltung reserviert ist? Was sollen dann bitte diese lächerlichen Indianer, die vor den Seminarräumen auf und ab tanzen? Glauben Sie, die Leute können sich auf ihre Arbeit konzentrieren, wenn vor dem Fenster die Schlacht am Little Big Horn tobt? Das muss aufhören. Und zwar sofort.«

Freitag, 13 Uhr 45, Suite von Doktor Dröll

»Herr Freneli? Dröll hier … Ja, ja, ich hör Sie gut … jaa, hier auch ein schöner Tag … Herr Freneli, es ist so weit: KOMPLETT.«

Freitag, 13 Uhr 47, Suite von Doktor Dröll

»Herr Abramow, Dröll hier … .Wo sind Sie? … Im Hochtaunus … Ja, ja, schön da. Herr Abramow, ich habe gute Nachrichten: Die Zulassung aus Indien ist da … Ja, ich freue mich auch. Ich bring sie nachher bei Ihnen vorbei … Natürlich bringe ich auch den unterschriebenen Vertrag von Herrn von Mallinckrott mit … Nein, er selbst kann leider am Wochenende nicht mehr kommen … .Ja, ja, natürlich trinken wir einen. Nasdrowje … Was? … Es bleibt bei morgen Abend 10 Uhr … Sicher … Ja, klar wie besprochen, das Fernsehen ist dabei … Nein, die wissen noch gar nichts, aber Blumberg TV schickt ein Team, und es kommen ein paar Zeitungsleute. Keine Sorge, das reicht, um den Kurs hochzujagen … Was? … Moment, es klingelt hier auf der anderen Leitung. Vielleicht die FDA aus Amerika. Ich melde mich.«

»Dröll! … Ach du bist´s, Wilfried … Was?! Was heißt hier: Wir können das alles nicht so machen? … Betrug? Ach hör doch auf! Wenn der Alte noch klar in der Birne wäre, hätte er doch auch unterschrieben. Wir haben sozusagen in seinem Sinne gehandelt … Das Medikament! Das wird schon noch funktionieren … Hey, Wilfried, nicht durchdrehen jetzt … Ja, bis später.«

Freitag, 14 Uhr 50, Konferenzraum C
des Selina Kur- und Kongresshotels

»Mag sein, dass Ihnen der Kollege heute Vormittag was anderes erzählt hat. Aber glauben Sie mir: Im Grunde sind wir uns da alle einig. Egal ob in der Wirtschaft oder sonst irgendwo in der Gesellschaft oder gar in Ihrer Familie. Wichtig ist nicht nur der Einzelne, Sie müssen immer das Ganze im Auge haben. Also vergessen Sie mal diesen ganzen Ich-Ich-Ich-Kram. Das ist von vorgestern. Was wir dem Kunden vermitteln müssen, ist ein starkes Team, ein allumfassendes Wir-Gefühl. Ja, ich sage bewusst »Wir«. Und das sollten Sie auch tun. Los, wir tun es gemeinsam: Wir, Wir, Wir, Wir! Na also. Und ab Montag gehen Sie ganz anders da raus …«

»Ich könnt immer noch kotzen, Remmler.«

»Nein, Krautweiß. Wir!«

Freitag, 15 Uhr 3, Lounge des Selina Kur- und Kongresshotels

»Julia, hier steckst du. Ich suche dich überall. Wo sind die Gratislose für die Tombola?«

»Ich muss mit dir reden, Mats.«

»Was ist denn?«

»Du warst doch letzte Nacht bei Doktor Dröll?«

»Ja sicher. Und?«

»Worüber habt ihr da so gesprochen?«

»Ist das jetzt wichtig? Es ging um Details. Unter anderem auch um diese Tombola. Jetzt komm!«

»Du lügst!«

»Ich lüge? Was soll das denn jetzt?«

»Dröll hat vorhin angerufen. Er hat dich überhaupt noch nicht gesehen, seit er hier ist.«

»Der spinnt wohl!«

»Hör doch auf, Mats. Wo warst du die halbe Nacht?«

»Julia, glaub mir, es gibt eine Erklärung dafür, aber ich kann es dir jetzt nicht sagen. Lass uns später darüber reden.«

»Gut. Ich bin gespannt.«

Freitag, 16 Uhr 2, Kamin-Lounge des Selina Kur- und Kongresshotels

Freitag. Das erste Mal, dass ich an einem Tag zwei Mal was hier reinschreibe. Ist aber wichtig. Ich bin auf etwas gestoßen und hoffe so sehr, dass ich mich irre. Über ein Nachrichtenportal (www.indiaprintnews.com) bin ich auf die Homepage des »Bhavnagar Observer« (www.bhavnagarobserver.in) gekommen. In den letzten zwei Jahren zig Artikel über Nosotis. Fast alles langweilig: Tag der offenen Tür, Umsatzzahlen etc. Dann der Hammer: Am 15. 8. steht auf der Lokalseite ein Artikel über neun tote Probanden, an denen angeblich ein Nosotis-Medikament getestet wurde. Buchlehner war kurz danach in Bhavnagar. Komisch ist, dass dann nichts mehr über diese Toten in der Zeitung stand. Erst am 18. September steht wieder was drin. Demnach hat Nosotis jetzt überhaupt nichts mehr mit der Sache zu tun. Schuld sind die Behörden, oder »die Engländer« (!?). In diesem ganzen riesigen Land ist dieser Vorfall sonst nirgendwo erwähnt. Habe bestimmt 150 Webseiten durchsucht. Wer vertuscht hier was? Muss mit Dodo reden. Aber erst mit Buchlehner.

Freitag, 16 Uhr 10, Küche des Selina Kur- und Kongresshotels

»Hier stapelt sich der Dreck! Owongo, wo zum Teufel ist der Spüler?«

»Is bei Bewährungshelfer. Zurück um 5 und einhalb Uhr.«

»Und wo ist dieser dämliche Portugiese?«

»João is bei Arzt. Hat immer noch ansteckende Pilz an Hände. Ich jetzt auch. Guck.«

»Buähhh! Dann muss halt der bekloppte Belgier ran. Jean-Luc, du spülst die Töpfe!«

»Isch bin Patissier, Chef.«

»Du bist vor allem eine faule Schwuchtel! Los, spül jetzt! Und du holst das Schnitzelfleisch, Owongo.«

»Gestern alles weg. Neue Lieferung erst morgen um 7 einhalb Uhr.«

»Ich krieg hier noch die Krise. Diese Außendienstler, Schni-Po-Sa, Schnitzel, Pommes, Salat rund um die Uhr.«

»Salat is auch weg.«

»Wir müssen improvisieren. Da hinten im Kühlhaus liegen noch 250 Kilo Schnitzelfleisch. Gut abwaschen, Jungs, ordentlich Panade und gut Zitrone.«

»Olala, Chef, die Töpfschen sind aber bissschen schmützig.«

»Schnauze und spülen!«

Freitag, 16 Uhr 40, Fahrstuhl des Selina Kur- und Kongresshotels

Düdelüdelüd

»Ja, Enning hier! … Was? Ich hab kein Netz. Ich bin im Fahrstuhl. Nein, nicht in einer Bar, das ist diese grausame Fahrstuhlmusik. Ich ruf gleich zurück.«

… Dabdadabdabdab Tall and tan and young and lovely the girl from Ipanema goes walking Dabdadabdabdab …

»Wieso fährt der jetzt erst nach unten? Verdammt. Ich muss nach oben. Jetzt hält er auch noch.«

»Plinggg«

»Guten Tag.«

»Tag … Moment mal: EVA?«

»MATS!«

»EVA!«

Freitag, 17 Uhr 20, Bar des Selina Kur- und Kongresshotels

Freitag. Das ist hier kein Tagebuch mehr, sondern ein Stundenprotokoll. Ich glaub´s immer noch nicht: Ich habe Mats getroffen. Im Fahrstuhl. Die Tür geht auf, und er steht einfach vor mir. Zwei Jahre nichts gehört, nichts gesehen, und dann das. Er sieht gut aus. Immer noch. Hat die Haare anders. Nicht schlecht. Und immer noch so drahtig. Ist jetzt groß im Geschäft. Sagt er. Aber was hat er mir nicht alles schon gesagt. Mannomann, wie schnell Erinnerungen wieder da sind. Eigentlich war das eine tolle Zeit mit uns. Aber ich brauche nur die alten Tagebücher rauszuholen, dann weiß ich auch wieder genau, warum das alles in die Hose ging. Er wollte zu viel, und für mich war einfach kein Platz. Ist wahrscheinlich immer noch so. Bestimmt sogar. Den nächsten Satz sollte ich mit Bleistift hinschreiben, damit ich ihn wieder ausradieren kann:
ER IST IMMER NOCH VERDAMMT SÜß.

Und wie blöd bin ich eigentlich, dass ich mich gleich mit ihm an der Bar treffe?

Freitag, 18 Uhr 35, Minigolfanlage des Selina Kur- und Kongresshotels

»Heya Nananana ! Heya Nananana ! Heya Nananana ! Heya Nananana ! ...«

»Guck dir diese Indianer an: Die ticken doch nicht richtig. Indianer im Taunus.«

»Komm, da gehen wir mal hin.«

»Remmler, was willst du denn bei diesen Witzfiguren?«

»Krautweiß, wo Indianer sind, ist auch Feuerwasser.«

Freitag, 19 Uhr 10, Bar des Selina Kur- und Kongresshotels

»Immer noch Prosecco, Eva?«

»Ne bloß nich. Ehrlich gesagt wär ein stinknormales Bier nicht schlecht.«

»Gerne. Ich auch. Was machst du hier?«

»Was ich hier mache? Ich denke, du bist hier der Zeremonienmeister bei dieser Veranstaltung.«

»Bin ich auch. Aber du bist doch nicht bei Nosotis, oder ?«

»Nein. Ich wohne im 4. Stock in der Hohenstein-Suite. Na, klingelt´s jetzt?«

»Dann bist du mit diesem Abramow hier!?«

»Ja.«

»Du bist mit dem zusammen?«

»Seit einem Jahr.«

»Alle Achtung, Eva, das ist ganz oben. Aber ist das nicht ein eiskalter Karrieretyp, der nicht rechts und links guckt?«

»Ich gerate halt immer an dieselben, Mats.«

»Treffer, versenkt. Aber du wirst es nicht glauben, Eva, ich habe mich geändert.«

»Bestimmt, Mats. Und die Erde ist eine Scheibe. Bist du verheiratet?«

»Nein.«

»Eine Freundin?«

»Ja. Weißt du noch ... in Rom?«

»Als du die Hotelrechnung nicht bezahlen konntest?«

»Nein, als ich das Essen nicht bezahlen konnte.«

»Ich fand dich trotzdem toll.«

»... Ich hab viel falsch gemacht.«

»Ja, hast du.«

»Ich will dich mal anfassen.«

»Ach, Mats.«

»Nur mal kurz, so´n bisschen, nur die Hand.«

»Das kenn ich. Und dann lieg ich plötzlich im Forum Romanum hinter einer Mauer.«

»Das war schön ... Sind ja ganz kalt deine Hände.«

»Mhmm.«

»Die Wangen auch?«

»Hör auf.«

Freitag, 20 Uhr 50, Amselweg 9b, Egelsbach

»Hallo! Ist da die Polizei Egelsbach? . ... Nützel hier aus dem Amselweg. Ich möchte eine Anzeige machen ... Ja, ein Diebstahl. Mein Hund ist gestohlen worden ... Wann? Ja vor zehn Minuten. Ich hatte ihn nur mal schnell in den Vorgarten gelassen ... .Nein, keine läufige Hündin in der Nähe. Ich hab doch gesehen, wie er von einem alten Knacker weggeschleppt wurde ... Warum ich nicht hinterher bin? Ich hatte nichts an ... nein, gar nichts ... das muss ich doch hier nicht erklären. Ich kann in meinem Haus machen, was ich will ... Hören Sie mal: Mein Hund ist entführt worden, und Sie sitzen da und fragen mich, ob ich schon mal in einem türkischen Gefängnis war … keine Ahnung, wie alt der Mann war. Sehr alt, aber ziemlich schnell. Und gebrüllt hat er: »Da guckst du, Iwan!« … doch wirklich … wie er heißt? Was weiß denn ich … ach so, der Hund. Er heißt Roy und ist ein Lagotto Romagnolo … Lagottoromagnolo! Sie melden sich? … Danke. Wiederhören.«

Freitag, 21 Uhr 01, Zimmer 304 (Mats Enning) des Selina Kur- und Kongresshotels

»Julia! Julia! Bist du im Bad? … Ne … Wo zum Teufel … ein Brief?«

Mats!

Es reicht! Es reicht wirklich. Ich habe Deine Lügen so satt. Deine Ausreden. Dein Vertrösten. Einfach alles. Ich hab Dich gesehen. In der Bar mit dieser Frau. War das Eva? Natürlich war das Eva. Ich muss es wissen, schließlich liegen ihre Fotos überall in unserer Wohnung. Hast Du nicht immer wieder gesagt, da ist nichts mehr? Ha! Händchen halten an der Bar, Wangen tätscheln … Du Mistkerl! Bei Doktor Dröll warst Du also nachts? Dass ich nicht lache! Und ich habe schon gedacht, Du hättest was mit dieser blöden Laumann. Die guckt Dich immer so an. Vertrocknete Eule. Aber nein: Eva, Eva, Eva! Zur Hölle mit der blöden Schlampe. Ich hätte es wissen müssen. Es tut so weh. Warum machst Du das? Wenn ich Dir offenbar so wenig bedeute, warum hast Du es mir nicht einfach mal gesagt? Du hast mich hingehalten, Mats. Du hast mich benutzt. Und Du hast mich nie geliebt. Ich wünsche mir jetzt nur noch eins: Lass mich in Ruhe. Und das meine ich auch so.

Julia

Freitag, 21 Uhr 10, Festzelt des Imkervereins Oberwallmenach

»Hey! Wow! Crazy Oberwallmenach! Wir sind California Lightning, und ich bin Charlie the Voice. Wir werden euch jetzt mal so richtig einheizen. Hey, seid ihr gut drauf?«

»Nööööö!«

»Ich will eure Hände sehen! Party all night!«

»Buhh!«

»Und jetzt ›Life is life‹! A one, a two … Hey, Moment mal, crazy Oberwallmenach. So geht das nicht. Keine Flaschen schmeißen, sonst … Aua … und laffst die Tiffsche ffstehen … Nein … Nicht … Au!''

Freitag, 21 Uhr 30, Suite von Wilfried Buchlehner

»Herein!«

»Guten Abend, Herr Buchlehner. Haben Sie ein paar Minuten für mich?«

»Tut mir leid, aber ich habe gleich noch eine Besprechung bei Herrn Doktor Dröll.«

»Herr Buchlehner, bitte, es ist wichtig.«

»Hören Sie, Eva, ich bin sehr beschäftigt. Wenn Sie mich jetzt bitte entschuldigen würden.«

»In Indien hat es Tote gegeben. Und Sie wissen das. Sie waren da. Zur selben Zeit.«

»Wer sagt das? Was reden Sie da?«

»Ich weiß es. Hier, ich habe den Artikel ausgedruckt. Steht sogar Ihr Name drin.«

»Ach so, das. Ja sicher war ich in Indien. Aber da hat sich so ein Schreiberling irgendwas zusammengereimt, von vorn bis hinten Blödsinn.«

»Neun Tote, Herr Buchlehner.«

»Bedauerlich. Aber mit Nosotis hat das nichts zu tun.«

»Ich bin nicht sicher, ob Alexej das genau so sehen wird. Soll ich ihm von Ihnen etwas ausrichten, bevor er den Vertrag unterschreibt?«

»Eva, machen Sie sich nicht unglücklich. BMM02 ist ein hervorragendes Medikament. Alexej wird Millionen damit verdienen.«

»Oder Tausende damit umbringen.«

»Unsinn. Dazu müsste es erst zugelassen werden.«

»Ich dachte, das ist es schon?«

»Ja, also …«

»Die Sache stinkt, und Sie lügen, Herr Buchlehner. Sie lügen. Das reicht.«

»Eva! Bleiben Sie hier!«

Freitag, 22 Uhr 35, Minigolfanlage des Selina Kur- und Kongresshotels

»Sehr lustig, Remmler: Wo Indianer sind, ist auch Feuerwasser. Das haben wir jetzt davon.«

»Kann ich ahnen, dass diese Idioten uns an einen Marterpfahl binden?«

»Ja, kannst du. Wenn man zur Häuptlingstochter Rossige Stute sagt, ich bin Williger Hengst, kommt man an den Marterpfahl.«

»Ach ne, Krautweiß. Wer hat denn Liebliche Blüte unter den Rock gegriffen?«

»Egal. Wir müssen sehen, dass wir hier wegkommen. Wo sind die überhaupt alle? Hey, ihr verdammten Rothäute! Schluss mit dem Unsinn! Bindet uns los!«

»Ich sag dir was, Krautweiß: Erst wenn der Hahn drei Mal kräht, erst wenn die Sonne über den Jagdgründen aufgeht, erst wenn der Morgentau die Blätter küsst, wirst du merken, dass wir immer noch hier hängen.«

»Arschloch!«

Freitag, 23 Uhr 2, Oberwallmenach

von: c.lightning@lowcostmail.dt
an: info@en-connect.dt

betreff: kleine Änderung

Lieber Mats Enning,

natürlich haben wir nicht vergessen, dass wir morgen um 22 Uhr in Bad Lengental auftreten. Und wenn wir 22 Uhr sagen, dann meinen wir das natürlich auch so. Die Band ist heiß, wir freuen uns. Gerade eben erst haben wir mal wieder abgeräumt. Ein triumphaler Auftritt bei einer Großveranstaltung in Rheinland-Pfalz. Auch dieser hat gezeigt: Wir sind auf dem Weg nach oben. Seien Sie froh, dass Sie uns noch so preiswert eingekauft haben.
Noch eine Kleinigkeit. Gerade als die Stimmung ganz oben war, bin ich dummerweise bei einem artistischen Solo »Moonwalk« ausgerutscht und gestürzt. Ich habe leider ein paar Blessuren im Mund- und Gesichtsbereich davongetragen. Wir werden deshalb morgen

einen kleinen Change bei den Vocals vorneh-
men. Statt Charlie the Voice singt unser
philippinischer Bassist Mariano. Er ist ein
echter Rohdiamant mit einer großen Zukunft.
Seine Interpretation von »Life is Life« ist
erfrischend anders und ein völlig neuer
Hörspaß.

Bis morgen und keep on rockin´,

Charlie Reichenbacher

Freitag, 23 Uhr 10, Suite von Alexej Abramow

»Dimitri, wo warst du so lange?«

»Ärger gehabt. War Auto waschen. Großer Kratzer an linke Seite. In schöne Bentley.«

»Wieso?«

»Blöde Waschstraße blöde. Scheiße Firma Ibu.«

»Ist nicht so wichtig, Dimitri. Sonst noch was?«

»…«

»Dimitri, was ist?«

»Na ja, wie soll sagen.«

»Sag halt.«

»Also war sauer wege Auto. Ich dachte, schnell Wodka in Hotelbar.«

»Ja … Wodka. Gut. Und weiter, Dimitri?«

»Na ja, ich noch ein Wodka.«

»Dimitri zur Hölle! Raus mit Sprache: Was ist?«

»Eva. In Bar war Eva. Hat mich nicht gesehen, aber ich sie gesehen. War Typ bei ihr.«

»Wer?«

»Ich nie gesehen. Sah gut aus. Jung. Groß. Kräftig. Gute Körper.«

»Dimitri!!!«

»Schon gut, Boss. Auf jeden Fall, Typ hält Hände von Eva. Dann streichelt.«

»Streichelt? Wo?«

»Hier so.«

»Dimitri!!!«

»Dann küsst.«

»Фигня!!!! Подлец!!!!! Свинъя!!!!!!«

Samstag, 0 Uhr 30, Lounge des Selina Kur- und Kongresshotels, letzter Sessel hinten links

Freitag. Alles bricht zusammen. Wie kann dieser eine Tag mein ganzes Leben durcheinanderbringen? Ich hab es doch nur richtig machen wollen. Vorbei. Dodo hat mich rausgeschmissen. So grob. Schrecklich grob. Als wäre ich einer seiner Dienstboten. Und Dimitri dieser Speichellecker hat so getan, als würde er nichts mitkriegen. Ich schreib es hier hin, damit ich es auch nie vergesse: »Raus, du miese Schlampe!«, hat Dodo gebrüllt. Nicht eine Sekunde hat er mir zugehört. Diese eiskalten Augen. Ich hab mich in dir getäuscht, hat er gesagt. Hab ich mich auch in ihm getäuscht? Sieht so aus. Und ich wollte ihn warnen. Diese Nosotis-Leute ziehen Dodo über den Tisch. Die gehen sogar über Leichen. Der Buchlehner hat Dreck am Stecken. Geschwitzt hat der vor Angst. Eigentlich bin ich doch bescheuert, dass ich mich da einmische. Am Ende verliere nur ich. Und was habe ich schon Schlimmes getan? Händchen gehalten. Gut, ich habe ihn auch geküsst. Ja. Ja. Ja. Aber mir deshalb einen Tritt zu geben wie einem Hund? Der spinnt ja wohl. Und jetzt sitze ich hier in diesem fürchterlichen Hotel. Ich weiß nicht wohin. Ich weiß es einfach nicht. Und ich kann auch nicht zu Mats gehen. Ich sollte nicht zu Mats gehen. Nein, das sollte ich nicht. Ich muss abreisen. Wie komme ich hier weg?

Freitag, 1 Uhr 15, vor dem Eingang zum Wellnessbereich des Selina Kur- und Kongresshotels

»Alle hier lang! Mir naaach! Die hamm hier ein Innen- und ein Außensschwimmbecken. Und gleich sschwimmt der

Ausendienst im Innendienzbecken. Ha, ha, ha! Oh verdammt, die Tür is sssu. Nehmen wir halt den Hocker da. Frau Ssstriebach, würden Sie mal Ihren entssückenden Hintern hochheben. Dangge. Und jetz ein kleines Klirrkawumm, und wir sin drin. Yippdihey! Jetz wird geschwommen! Blos ssu saufen haben wir nix mehr … Wasss? … Da, ihr habt´s gehört: Wer die ersse Flasche Schampus bringt, darf die Möpse von Frau Ssstriebach sehen!! Attacke! Die wollen wir alle sehn! … Was is dir? Schlecht? Scheisschnitzelscheissding! … Attagge!«

Freitag, 1 Uhr 30, Zimmer 304 (Mats Enning)

»Jetzt musst du meinetwegen auf der Couch liegen. Das muss ja auch nicht sein.«

»Schon okay, Eva. Sieh du lieber zu, dass du ein bisschen schläfst.«

Pip-Pip-Piiiiip

»Wer schickt dir denn jetzt noch ´ne SMS, Mats?«

»Weiß auch nicht. Mal gucken.«

```
Hallo Du! Ich warte. Das Bett ist schon
schön warm. Angie
```

»Ist von Dröll. Der kann bis morgen warten.«

»Willst du nicht doch rüberkommen ins Bett? Ich tu dir schon nix.«

»Na, dann kann ich ja auch hier auf der Couch bleiben.«

»Jetzt komm schon.«

Samstag, 7 Uhr, Mailbox von Mats Enning

»Guten Tag. Sie sind mit EN-Connect in Berlin verbunden. Alle unsere Mitarbeiterplätze sind zur Zeit belegt. Hinterlassen Sie bitte eine Nachricht, wir rufen zurück. Hello, this is EN-Connect in Berlin. We are busy at the moment. Please leave a message after the beep."

Piep

»Herr Enning, La Rue hier, Hoteldirektor. Ich such Sie schon überall im Haus. Kommen Sie doch bitte mal sofort in meinem Büro vorbei. Eigentlich hatte ich gedacht, die Sache mit der aufgebrochenen Bar wäre schon der Tiefpunkt Ihrer Veranstaltung gewesen. Pustekuchen. Heute können Sie mir zur Abwechslung mal erklären, wer die Glastür im Wellnessbereich eingeworfen hat. Und wer sich nachts in unseren Pool übergeben hat. Sie dürfen unserem Hausmeister gerne bei der Reinigung helfen. In der Sauna können Sie übrigens noch einen Mann abholen, der beim besten Willen nicht aufzuwecken ist. Da er nackt ist, trägt er zwar kein Namensschild, aber einen Damenslip auf dem Kopf. Vielleicht könnte das ein Hinweis für Sie sein. Im Ernst: Die Sache ist nicht mehr lustig. Die Reinigungskosten werden Ihnen in Rechnung gestellt.

Vielleicht zahlen Sie dann auch gleich das Taxi, das heute Nacht aus dem Saunaparadies 69 zwanzig Flaschen Champagner gebracht hat.«

Piep

Samstag, 7 Uhr, Mailbox von Benjamin La Rue, Direktor des Selina Kur- und Kongresshotels

»Guten Tag. Hello. Bon Jour! Das ist die Mailbox von Benjamin La Rue. Wenn Sie eine Nachricht für mich oder das Selina Kur- und Kongresshotel haben, sprechen Sie bitte nach dem Signalton. Vielen Dank.«

Piep

»Enning hier. Hören Sie, La Rue. Das Taxi können Sie selbst bezahlen. Den Schampus auch. Und die Reinigung Ihres trüben Swimmingpools auch. Dazu kommen von meiner Seite ein paar Arztrechnungen. Ich bin hier gerade im Kreiskrankenhaus in Hufheim. Letzte Nacht wurden hier 21 Nosotis-Mitarbeiter eingeliefert. Ich kann Ihnen auch die Diagnose sagen: Bei allen wurden Streptokokken, Salmonellen und Bakterien vom Stamm Clostridium botulinum gefunden, falls Ihnen das was sagt. Ich kann´s auch anders ausdrücken: Vergiftung durch Gammelfleisch. Aus Ihrer Küche. Da würde ich übrigens mal feucht durchwischen, La Rue. Der Oberarzt hier hat nämlich gleich den Wirtschaftskontrolldienst informiert. Vielleicht haben Sie ja noch ein Schnitzelchen für die übrig. Und anschließend kommen Sie bei mir im Zimmer vorbei. Und wir reden mal darüber, wie man schwerwiegende Mängel mit Rabatten und kleinen Aufmerksamkeiten wiedergutmachen kann. Ciao.«

Piep

Samstag, »Rheinisches Tagblatt«, Panoramaseite

Auf der Suche nach dem Goldesel

Warum Geld immer zu dem kommt, der es eh schon hat

Von unserem Beobachter Klaus Gossip

Na, lieber Leser, haben Sie auch wieder Lotto gespielt am Wochenende? Und hat Fortuna ihr Füllhorn wieder über anderen ausgeschüttet? Nun, seien Sie nicht unglücklich, Sie sind in bester Gesellschaft. Auch der Autor dieser Zeilen hat wacker seine Kreuzchen gemacht, so wie jeden Samstag, denn wie heißt es so schön: Die Hoffnung stirbt zuletzt. Aber machen wir uns nichts vor. Lotto ist wohl kaum dazu geeignet, um einer finanziell abgesicherten Zukunft entgegenzusehen. Nein, liebe Lohnsteuergeschädigte, da müssen wir wohl andere Pfade beschreiten. So mancher von uns hofft beispielsweise auf ein großes Erbe. Aber Hand aufs Herz, beschleicht uns nicht ein ungutes Gefühl, wenn wir auf dem heimischen Sofa sitzen und darauf warten, dass ein lieber Verwandter doch möglichst bald das Zeitliche segnen möge. Pfui möchte man da sagen und sich beschämt abwenden.

Wie viel besser dran sind da doch die Menschen, die ohnehin schon mit Reichtum gesegnet sind. Wie Magneten scheinen sie immer weiteres Geld anzuziehen. Ein befreundeter Unternehmer beispielsweise hat vor drei Wochen zum ersten Mal in seinem Leben einen Lottoschein ausgefüllt. Muss ich erwähnen, dass er nun einen sechsstelligen Gewinn sein Eigen nennen kann?

Nun ja, werden Sie jetzt sagen, Glück ist nun mal unberechenbar. Das stimmt, aber mit ein bisschen »Kleingeld« kann man dem Glück auch auf die Sprünge helfen.

Ein reiches Betätigungsfeld bietet da die Welt der Börse. Nur naive Zeitgenossen glauben, dass wir es dort vor allem mit Glücksrittern zu tun haben, die ihr Geld wie beim Roulette auf die noch rollende Kugel setzen. Weit gefehlt, liebe Leser. Nur allzu oft wird beim Börsen-Roulette auf eine Kugel gesetzt, die längst gefallen ist. Und der Außenstehende – meist ein Kleinanleger – staunt über das scheinbar visionäre Investment der Großfinanz. Dabei steckt meist nicht mehr dahinter als ein simples und darüber hinaus verbotenes Insidergeschäft. Insidergeschäft? Nicht jedem mag dieser Begriff geläufig sein. Nun, stellen Sie sich Folgendes vor: Sie – und nur Sie – wissen, dass das Unternehmen XY von einem potenten Investor geschluckt werden soll. Ein Investor, der zudem für knallhartes Management und rigorosen Personalabbau bekannt ist. Ein Engagement solcher Investoren treibt in der Regel den Aktienkurs der Übernahmekandidaten in schwindelnde Höhen. Sie kaufen also Aktien, bevor irgendjemand sonst vom Einstieg des Investors weiß. Und nachdem der Kurs in die Höhe geschnellt ist, verkaufen Sie wieder. So etwas lohnt freilich nicht, wenn Sie ein Aktienpaket für 500 Euro erwerben. Bei 50 Millionen Euro sieht das Ganze allerdings ein wenig anders aus. Spätestens hier bewahrheitet sich wieder die alte Weisheit: »Der Teufel sch … immer auf den dicksten Haufen.«

Wenn Sie sich nun fragen: Übertreibt mein Beobachter Klaus Gossip da nicht ein wenig? Dann möchte ich Ihnen entgegenhalten: Nein, ganz und gar nicht. Seien Sie sicher, dass auch in diesem Moment irgendwo in dieser Republik ein solches Geschäft getätigt wird und jemand auf diese verwerfliche Weise seine Schäfchen ins Trockene bringt.

Uns aber, die wir nicht auf Rosen und Geldscheine gebettet sind, bleibt nur die beruhigende Erkenntnis, dass Geld allein nicht glücklich macht.

Samstag, 9 Uhr 35, Suite von Doktor Ulrich Dröll

»… ganz ruhig, Wilfried. Jetzt komm mal runter.«

»Komm mal runter? Ich hab schon acht Beruhigungspillen genommen.«

»Welche?«

»Na unsere, DORMOCALM.«

»Die taugen doch nichts, Wilfried.«

»Ulrich, ich verstehe nicht, wie du so ruhig bleiben kannst. Abramows Freundin weiß alles. Die liefert uns ans Messer. Wir sind erledigt.«

»Ja, sie weiß alles, aber sie wird nicht dazu kommen, es zu erzählen.«

»Ulrich! Was hast du vor?«

»Gar nichts. Ich tue einfach gar nichts. Abramow hat Blondie rausgeschmissen. Und ein gehörnter Russe wird ihr so schnell nicht wieder die Tür öffnen.«

»Rausgeschmissen?«

»Ja. Wie ich gehört habe, hatte sie ausgerechnet mal was mit unserem Agenturfuzzi, diesem Enning. Und gestern Abend konnte er wohl seine Finger nicht bei sich behalten. Schlecht für Blondie, aber gut für uns. Und heute Abend um 10 ist der Vertrag unterschrieben.«

»Und danach? Was ist, wenn Abramow danach alles erfährt? Morgen. Oder nächste Woche. Oder nächsten Monat. Dann kann er den Vertrag doch rückgängig machen. Betrug! Gefälschte Unterschrift! Das war´s für uns! Ende!«

»Abramow wird gar nichts rückgängig machen. Ich kenne ihn schon ein bisschen länger. Und ich habe in den vergangenen drei Jahren genau sieben Transaktionen für ihn durchgeführt.«

»Transaktionen?«

»Ja, Transaktionen. Ich habe in dem Land, in dem Milch, Honig, Waffen- und Drogengelder fließen, Geld für ihn … sagen wir … umgeschichtet. Zur Sicherheit habe ich ein paar entsprechende Belege aufgehoben.«

»Ulrich, davon weiß ich ja gar nichts. Das hättest du mir doch … ich meine, wir sind doch Partner.«

»Wilfried, natürlich sind wir Partner. Aber ich wollte dich nicht belasten. Und wenn ich sehe, wie dir die Muffe geht, dann habe ich offenbar recht gehabt.«

»Kann ich dir noch trauen, Ulrich?«

»Du musst, Wilfried.«

Samstag, 11 Uhr 10, Konferenzraum C des Selina Kur- und Kongresshotels

»Mag sein, dass Ihnen die Kollegen gestern was anderes erzählt haben. Und was immer sie gesagt haben, sie haben recht. Trotzdem zählt für Sie da draußen im Außendienst nicht nur das »Ich«, und es zählt auch nicht nur das »Wir«. Das können wir als selbstverständlich abhaken. Nein, das Allerwichtigste für Sie da draußen ist der Kunde. Es geht immer nur um den Kunden. Deshalb sprechen Sie mir nach: Der Kunde! Der Kunde! Der Kunde!«

»Remmler, wir müssen unbedingt noch abstimmen: Ist der da vorn jetzt das größte Arschloch, oder war es der gestern Nachmittag?«

»Ich fand den vormittags am schlimmsten, Krautweiß. Hätte ich doch bloß auch ein Schnitzel gegessen, dann müsste ich mir jetzt diesen Mist nicht anhören.«

»Tja, am Marterpfahl gibt´s keine Schnitzel. Alte Weisheit der Salmonellen-Indianer.«

»Ich sag dir eins, Krautweiß, die Rothäute werden sich wundern, heute Abend schlägt der weiße Mann zurück.«

»Ich bin dabei, Häuptling Rammelnder Remmler.«

Samstag, 13 Uhr 35, Hotel-Restaurant Mainperle

»Ach, hier bist du, Mats. Darf ich mich zu dir setzen?«

»Klar, Angie. Hör mal, wegen letzter Nacht … ich konnte nicht und … das muss aufhören. Punkt.«

»Sieh mal an. Vorgestern Nacht hast du mir noch ganz andere Sachen ins Ohr geflüstert.«

»Angie, wir wissen beide, dass da nichts ist zwischen uns.«

»Kann doch trotzdem schön sein.«

»Nicht so. Und es kann auch nicht das sein, was du willst. So was hast du doch nicht nötig.«

»Bist du da so sicher?«

»Wie auch immer: Ich werde nicht mehr zu dir kommen. Und wenn du das bei Doktor Dröll....«

»Vergiss Doktor Dröll. Dem erzähl ich sowieso nichts mehr.«

»Was ist passiert?«

»Nichts. Ich schlage vor, du machst jetzt deinen Job und ich meinen. Und wenn du es dir noch mal anders überlegst ... ich meine.....«

»Angie, sei ein bisschen stolzer.«

Samstag, 14 Uhr 40, Küche des Selina Kur- und Kongresshotels

»Hört mal zu, Jungs! Mich hat ein Kumpel angerufen, um 16 Uhr haben wir hier eine unangemeldete Kontrolle vom Wirtschaftskontrolldienst. Das heißt: Alle von euch, die keine Papiere haben und illegal hier sind, verschwinden auf der Stelle.«

»Chef, sind alle. Außer schwul Belgier!«

»Verdammt! Und wo ist eigentlich der dämliche Portugiese?«

»João is bei Arzt. Kommt wieder um 4 einhalb Uhr. Offene Toberkulese.«

»Jean-Luc, hol den Eimer und den Lappen! Du musst hier alles putzen. Und die anderen verstecken sich so lang im Weinkeller.«

»Olala, Chef, Lappen is bissschen schmützig.«

»Schnauze! Putzen!«

Samstag, 15 Uhr 5, Kamin-Lounge des Selina Kur- und Kongresshotels

Samstag. Bin immer noch da. Dimitri wollte alle Schlüssel haben. Für die Villa in Como, das Chalet in Zürich und das Loft in Berlin. Hab ich ihm gegeben. Wie gut es doch war, dass ich nie meine Wohnung in Frankfurt aufgegeben habe. Ich verstehe Dodo nicht. Es war doch nur ein Kuss. Heute hätte er schon mehr Grund, eifersüchtig zu sein. Was ist los mit mir? Tolle Situation: Von dem einen, der mir gerade wehgetan hat, renne ich schnurstracks zu dem anderen, der mir schon vorher wehgetan hat. Trotzdem, ich bin froh, dass Mats da ist. Er ist wie er ist. Eigentlich ist er großartig. Ein unglaubliches Schlitzohr, mit einem großen … Herz.☺

Ich habe ihm alles erzählt. Er küsst so gut. Diese Nosotis-Leute sind ihm auch nicht geheuer. Aber von Indien hat er gar nichts gewusst. Und von den Toten. Wollte er gar nicht glauben. Er hat immer so eine niedliche Falte zwischen den Augen, wenn er grübelt. Und er will mir helfen. Er hat offenbar einen guten Kontakt zur Kommunikationsabteilung von Nosotis. Bin gespannt, ob er diesmal Wort hält. Ertappe mich dabei, dass ich es mir wünsche. Sehr sogar.

Samstag, 15 Uhr 20, Suite von Wilfried Buchlehner

FAX

Doktor Wilfried Buchlehner
c/o Selina Kur- und Kongresshotel
65666 Bad Lengental

Anwaltskanzlei Nusse & Partner
z.Hd. Herrn Siegfried Nusse
Im Advokatenwinkel 4
79618 Rheinfelden

Lieber Siegfried,

vielleicht wunderst Du Dich, dass ich Dir am Samstag ein Fax nach Hause schicke, aber die Umstände zwingen mich dazu. Ohne lange Umschweife: Ich bin in eine äußerst zweifelhafte Angelegenheit verstrickt. Du weißt um die Nosotis-Abramow-Sache. In diesem Zusammenhang gibt es eine unangenehme Komplikation bei Nosotis in Indien. Die Einzelheiten erspare ich Dir. Dennoch gefährdet dieses Problem den gesamten Übernahme-Deal. Auch das Verhältnis zwischen Ulrich und mir ist dadurch belastet. Mich beschäftigen zwei Fragen:

1. Der »Erlös« aus dem Übernahmedeal geht zu gleichen Teilen an Ulrich und mich. Eine schriftliche Vereinbarung fehlt jedoch. Weißt Du eine Möglichkeit, mich abzusichern? Wir haben doch von der Holland-Sache noch unzählige und sehr interessante Papiere, von denen Ulrich glaubt, sie seien vernichtet worden.
2. Sollte der Deal platzen, muss ich möglichst ungeschoren davonkommen. Kannst Du Dir so schnell wie möglich eine »Hat-von-nichts-gewusst«-Strategie überlegen? Möglicherweise muss ich bereits am Montag darauf zurückgreifen.

Siegfried, es wäre nett, wenn Du gegenüber Renate nichts davon erwähnen würdest. Ich sage dies nur für den Fall, dass ihr euch am Wochenende zufällig begegnet. Du weißt ja, wie sensibel meine Frau ist. Ich möchte Sie nicht verunsichern.

Vorab schon vielen Dank, viele Grüße,
Wilfried

Samstag, 15 Uhr 26, Im Advokatenwinkel 4, Rheinfelden

»Was rattert denn da so komisch?«

»Is mein Fax. Wer schickt mir denn am Samstagnachmittag ein Fax?«

»Und?«

»Ist von deinem Mann.«

»Schmeiß es weg, und zieh dich aus. Ich hab nur eine halbe Stunde.«

Samstag, 16 Uhr 5, Zimmer 219
(Angelika Laumann)

»Komme gleich … Mats?«

»Darf ich reinkommen, Angie?«

»Gerne. Ich muss aber gleich los. Ich nehme auch nicht an, dass du länger bleiben möchtest, oder?«

»Angie ich muss mit dir über eure Firma reden.«

»Unsere Firma!? Was interessiert dich denn unsere Firma? Hast du Angst, dass du dein Geld nicht kriegst?«

»Nein. Aber das ganze Ding hier ist noch viel fauler, als ich gedacht habe. Und ich will da nicht mehr mitmachen.«

»Was meinst du denn?«

»Tu doch nicht so. Die Sache ist doch die: …«

Samstag, 16 Uhr 10,
Suite von Lutz Olbertshagen

»Hey, hier ist die gute Laune-Garantie mit Soundantenne FM! Ihr hört die Zirby & Weus-Show.«

»Heute wieder mit Annika und Oli, denn Zirby und Weus sind noch in Las Vegas.«

»Wow, Oli! Big business. Wenn du es in Vegas schaffst, schaffst du es überall.«

»Du sagst es, Annika, da wird das große Geld gemacht. Nur Kleingeld brauchen Sie übrigens, wenn Sie in eine der vielen IBU-Waschstraßen fahren. Denn nur IBU-Waschstraßen bieten die Rundum-Sorglos-Pflege für Ihren Autolack.«

»Diese Woche übrigens mit der No-Scratch-Garantie. Sollte wider Erwarten doch mal ein klitzekleiner Kratzer im Lack sein, kriegen Sie nicht nur Ihr Geld zurück, sondern auch noch eine Lackauffrischung mit IBU-Colour-Care-Heißwachs!«

»Wahnsinn, Annika! Die haben´s echt drauf bei IBU. Nichts wie hin! Und jetzt bei Soundantenne FM der beste Mega-Hitmix für alle unter fünfzig: Hier ist Nena!«

»O Gott! Bloß nicht Nena ... sofort ausmachen die Kiste ... Wo ist denn mein Telefon? ... Ah, hier ... Hallo! Ist da Soundantenne FM? ... Ja, ja, spar dir deinen Bester-Mix-Scheiß. Olbertzhagen hier. Verbind mich mal mit den beiden Pappnasen im Studio ... Hört mal, Oli und Annika, hier spricht der große Olbertzhagen. Ich kann euch ganz groß rausbringen, ihr seid nämlich pures Gagdynamit ... aber Ihr müsst perspektivisch denken.«

Samstag, 16 Uhr 15, Zimmer 219
(Angelika Laumann)

»… das ist alles. Mehr weiß ich nicht, Angie. Wie tief steckst du da mit drin?«

»Dass es da Tote gegeben hat, habe ich nicht gewusst, Mats. Das musst du mir glauben. Dröll hält seit einiger Zeit die ganze Indien-Sache komplett unter Verschluss. Er hat mich deswegen auch schon regelrecht abgewatscht. Jetzt weiß ich auch warum. BMM02 ist der entscheidende Punkt bei dem Deal. Dröll hat Abramow versprochen, dass es eine Art Wunderwaffe gegen Demenz ist und Millionengewinne bringen wird. Ohne BMM02 kein Verkauf von Nosotis.«

»Warum will Dröll dann überhaupt verkaufen, wenn es so ein tolles Medikament ist?«

»Weil Dröll ein eiskalter Widerling ist. Ich glaube, dass er die Gelegenheit wittert, kräftig abzusahnen. Ich musste ihm erst letzte Woche drei Makler von der Côte d´Azur durchstellen. Irgendwie hat er es eingefädelt, dass er nach diesem Wochenende mit einem großen Batzen Geld dasteht.«

»Aber Nosotis gehört ihm doch gar nicht. Hält die meisten Aktien nicht der alte Firmengründer?«

»Ja. Und soweit ich weiß, hat der alte Mallinckrott schon zwei Mal abgelehnt zu unterschreiben. Ich habe Dröll in seinem Büro fluchen hören, dass die Wände gewackelt haben … komisch ist das trotzdem.«

»Was denn?«

»Na ja. Angeblich liegt heute Abend um 10 ein Vertrag auf dem Tisch, den von Mallinckrott unterschrieben hat. Passt eigentlich nicht zu dem, was ich mitgekriegt hab. Aber der Alte ist auch ziemlich senil.«

»Kann es nicht sein, dass dieses komische BMM02 inzwischen funktioniert?«

»Glaube ich nicht. Ich hab gestern erst eine Warnung aus unserem Labor bekommen. Die haben was aus Indien untersucht und festgestellt, dass das Zeug lebensgefährlich ist. Dröll hat das alles ganz geheim und eilig gemacht. Ich bin sicher, dass es um BMM02 ging.«

»Dann müssen wir was unternehmen, Angie.«

»Ich tue nichts, was mich meinen Job kostet. Das kannst du nicht von mir erwarten.«

»Mach ich auch nicht. Du hast mir schon genug geholfen.«

Samstag, 16 Uhr 26, Im Advokatenwinkel 4, Rheinfelden

```
von: s.nusse@kanzlei.dt
an: u.droell@nosotis.dt

betreff: dringend!!!

Hallo Ulrich,
```

Du hattest recht: Buchlehner hat sich bei mir gemeldet. Das große Muffensausen. Wie Du vorher gesagt hast, hat er Angst, leer auszugehen. Keine Sorge, das wird er auch. Er will, dass ich ihm eine »Ich-hab-von-nichts-gewusst«-Strategie entwickle, und ahnt natürlich nicht, dass wir längst eine »Buchlehner-ist-an-allem-schuld«-Strategie in der Schublade haben. Ich werde ihn also noch ein bisschen hinhalten und warte auf Dein »Go«.

Gruß, Siegfried

P.S. Habe kürzlich Buchlehners Frau in der Stadt getroffen. Finde nicht, dass sie so ein »scharfes Gerät« ist. Da ich auch glaube, dass sie Dir eventuell schaden könnte, möchte ich Dir raten, lieber die Finger von ihr zu lassen.

Samstag, 16 Uhr 30, Mailbox von Mats Enning

»Guten Tag. Sie sind mit EN-Connect in Berlin verbunden. Alle unsere Mitarbeiterplätze sind zur Zeit belegt. Hinterlassen Sie bitte eine Nachricht, wir rufen zurück. Hello, this is EN-Connect in Berlin. We are busy at the moment. Please leave a message after the beep."

Piep

»Herr Enning, La Rue hier, Hoteldirektor. Jetzt läuft ja alles ganz rund. Und das mit dem Rabatt geht natürlich in Ordnung. Nur schnell noch eine Kleinigkeit. Bei dem Gala-Menü müssen wir aus logistischen Gründen ein bisschen was ändern. Statt der Tomatenconsommee mit Basilikum-Croutons gibt es einen kleinen gemischten Salat, statt Ragout Fin im Blätterteig-Pastetchen gibt es Rigatoni mit Sauce, statt Wiener Schnitzel vom Kalb mit Pommes Frites gibt es eine sensationelle Pizza Quattro Stagioni Family Size, als Dessert reichen wir einen frisch gebrühten Filterkaffee. Das Essen wird gegen 19 Uhr gelief ... .äh ... serviert. Ich hoffe, das ist okay für Sie. Ich bin übrigens in den nächsten fünf Stunden sehr schlecht zu erreichen. Wir sehen uns dann morgen früh. Tschüss.«

Piep

Samstag, 16 Uhr 31, Aushang in der Küche des Selina Kur- und Kongresshotels

Aushang

Main-Taunus-Kreis
Kreisverwaltung
Abt. Wirtschaftskontrolldienst
65243 Hufheim am Taunus

Sehr geehrte Damen und Herren,

Küche, Kühl- und Vorratsräume des Selina Kur- und Kongresshotels werden mit sofortiger Wirkung geschlossen.

Begründung:

Die bei der Kontrolle am 10. September festgestellten Mängel waren bei einer erneuten Kontrolle am heutigen 29. September allesamt nicht behoben.

Die uns gemeldete Verarbeitung von Gammelfleisch in der Hotelküche führte offenbar zu zahlreichen ernsthaften Vergiftungen von Hotelgästen (Laborbefund geht der Hoteldirektion gesondert zu).

Im Weinkeller fanden sich darüber hinaus fünf illegal beschäftigte und alkoholisierte Arbeitskräfte, die zur Feststellung der Personalien an die Ausländerbehörde übergeben wurden.

Die Schließung der Küche erfolgt mittels amtlicher Siegel. Sie bleibt bis auf Widerruf in Kraft.

Hochachtungsvoll,

P. Scharfköter, WKD

P.S. DIESES SCHREIBEN IST FÜR JEDEN MITARBEITER SICHTBAR AUSZUHÄNGEN!!!

Samstag, 16 Uhr 32,
Mailbox von Benjamin La Rue

»Guten Tag. Hello. Bon Jour! Das ist die Mailbox von Benjamin La Rue. Wenn Sie eine Nachricht für mich oder das Selina Kur- und Kongresshotel haben, sprechen Sie bitte nach dem Signalton. Vielen Dank.«

Piep

»La Rue, Enning hier! Jetzt reicht´s aber! Sie wollen mich wohl verarschen! Das ganze Menü zu kippen und stattdessen einen Pizzaservice zu beauftragen, ist echt der Gipfel! Aber nicht mit mir! Wenn Sie sich nicht melden, lasse ich aus dem Cyrano in Frankfurt ein siebengängiges Gourmetmenü für 230 Leute bringen! Auf Ihre Rechnung! Sie haben eine halbe Stunde!«

Piep

Samstag, 16 Uhr 33, Kamin-Lounge des Selina Kur- und Kongresshotels

Samstag. Das ist kein Tagebuch mehr, das ist ein Krimi. Mats hat mit Angelika Laumann von Nosotis gesprochen. Sie hat ihm alles erzählt. Warum eigentlich? Ist da was? Schwer zu glauben, so toll sieht Sie nicht aus, hat irgendwie was Eulenhaftes. Ist jetzt auch egal. Meine Vermutungen haben sich bestätigt. Verbrecher sind das. Vor allem dieser Dröll. Dem ist egal, ob jemand draufgeht. Der will hier den großen Reibach machen. Aber ist Dodo so viel besser? Der schmeißt doch auch jede Menge Leute raus, wenn er Nosotis geschluckt hat. Ich muss das Ganze verhindern. WIR müssen es verhindern. Ohne Mats schaffe ich es nicht. Er will einfach um 10 da reinplatzen. Da sind die Presseleute da, das ist der beste Zeitpunkt, meint Mats. Hoffentlich hat er recht.

Kleiner Nachtrag: Der alte Nosotis-Chef ist aus seinem Altersheim in Zürich abgehauen, schon am Mittwoch. Mats hat da angerufen. Es gibt hier wirklich nichts, was nicht merkwürdig wäre.

Samstag, 16 Uhr 52, Minigolfanlage des Selina Kur- und Kongresshotels

»Hallo! Spricht da die Feuerwehr? Ich möchte einen Brand melden. Hier brennen sechs Indianerzelte lichterloh ... Nein, nein, Sie haben schon richtig gehört: Indianerzelte ... Hinter dem Selina-Hotel auf dem kaputten Minigolfplatz ... Nein, nein, Leute sind hier nicht, aber ein einziges Flammenmeer ... Ja, alle gleichzeitig ... Was weiß ich, ob das Brandstiftung war ... Mein Name? Der tut hier nichts zur Sache. Sehen Sie mal zu, dass Sie hierhinkommen. Wiederhören.«

»Und? Schickt der weiße Mann ein Feuerwehrauto, Zorniger Krautweiß?«

»Ja, Rammelnder Remmler. Aber dann werden diese Zelte schon in die ewigen Jagdgründe eingegangen sein. Komm, gieß noch ein bisschen Sprit drauf.«

Samstag, 16 Uhr 55, Straßengraben an der B 455, acht Kilometer vor Bad Lengental

»Brav, Roy. Sitz! Siehst du die Flammen da hinten am Horizont? Das wird unsere Artillerie sein. Da guckt der Iwan! Alle werden sie gucken. Roy, treuer Freund, wie lang bist du jetzt schon an meiner Seite? Wir haben eine gute Zeit miteinander verbracht. Aber jetzt, Roy, schau mich an: Ich bin ein hungriger alter Mann. Sitz, Roy!«

Samstag, 17 Uhr 20, Bar
des Selina Kur- und Kongresshotels

»Herr Remmler, Herr Krautweiß, nicht im Seminar?«

»Nur ´ne kurze Pause, Frau Laumann. Herr Remmler und ich hatten was Dringendes zu erledigen.«

»Entschuldigung, aber Sie riechen ein bisschen streng. Neues Aftershave?«

»Ne, ne, mir ist beim Tanken Sprit über den Anzug gelaufen.«

»Ihnen auch, Herr Remmler?«

»Ja, ja, mir auch. Selbe Tankstelle. Wir müssen uns jetzt beeilen, Frau Laumann.«

»Müssen Sie nicht wirklich. Wir können auch noch schnell einen Drink nehmen, das Seminar ist doch eh gleich zu Ende.«

»Wenn Sie meinen, Frau Laumann.«

»Sicher. Haben Sie eigentlich Herrn Abramow schon getroffen, den russischen Milliardär? Er will ja groß bei uns einsteigen.«

»Der Abramow?! Hier?! Die Heuschrecke will bei uns einsteigen?!«

»Beruhigen Sie sich, meine Herren. Wir trinken erst mal einen.«

Samstag, 17 Uhr 40, Suite von Alexej Abramow

»Wie lang noch, Dimitri?«

»Presse und Nosotis kommen zu uns um 10.«

»Gut. Dimitri?«

»Ja, Alexej.«

»Eva fehlt.«

»Ja, Alexej.«

»Aber Eva ist auch Schlampe.«

»Ja, Alexej.«

»Sehr schöne Schlampe.«

»Ja, Alexej.«

»Und klug.«

»Ja, Alexej.«

»Aber Schlampe.«

»Ja, Alexej.«

»Dimitri, bring mir Wodka.«

»Ja, Alexej.«

Samstag, 18 Uhr 4, Mailbox von Mats Enning

»Guten Tag. Sie sind mit EN-Connect in Berlin verbunden. Alle unsere Mitarbeiterplätze sind zur Zeit belegt. Hinterlassen Sie bitte eine Nachricht, wir rufen zurück. Hello, this is EN-Connect in Berlin. We are busy at the moment. Please leave a message after the beep.″

Piep

»Hi, Charlie Reichenbacher hier, von California Lightning. Wir sfind noch in Bingen. Wahnsfinns-Gig. Wir räumen hier richtig ab. Sfowas hat crazy Bingen noch nicht gesfehen. Hier wird nichts mehr wie vorher sein. Wow! Seien Sie froh, dassf Sie uns noch so billig gekriegt haben. Übrigens, Kleinigkeit noch: Unsfer neuer Frontmann, Mariano, hat sfich verletzt. Er ist mit der Stirn gegen einen Stuhl gekommen. Sfchwer zu erklären. Auf jeden Fall braucht der Junge eine kleine Pause. Ist aber kein Thema, weil wir einfach wahnsinnig sftark aufgestellt sind. Unser Drummer, Rico aus Malaysia, hat eine unglaubliche Sftimme. Eine Mischung ausf Barry White und Bernd Hengst von den Flippers. Er kann allerdings weder Englisch noch Deutsch. Gerade desfhalb isft seine

Interpretation von »Y.M.C.A.« erfrischend anders und ein völlig neuer Hörsfpass. Hey, see you. Bis später. Keep on rockin´!«

Piep

Samstag, 18 Uhr 15, Tiefgarage des Selina Kur- und Kongresshotels

»Kollegen! Krautweiß und ich haben euch hier unten zusammengetrommelt, weil wir euch was sagen müssen. Nosotis soll verkauft werden … Ruhe! Noch heute Abend soll der Vertrag unterschrieben werden. Der saubere Herr Doktor Dröll wird sich die Taschen voll machen, und wir gehören dann einem Russen … Ruhe, sag ich! Lasst die Autos in Ruhe, die können nichts dafür! … Dieser Abramow kauft den Laden. Und damit dürfte wohl klar sein, dass viele von uns ihren Job verlieren werden. Aber nicht mit uns! Die da oben werden sich wundern! Wir müssen handeln! Hat jemand eine Idee? … Nein, trinken können wir nachher einen. Weitere Vorschläge? … Ein Flugblatt!? Für wen denn? Wir sind doch alle hier. Sonst noch jemand? … Nett gemeint, Frau Striebach, aber die gucken wir uns später an. Machen Sie den Knopf wieder zu. Noch wer? … Kündigen?! Na toll, dann sind wir alle unseren Job los. Machen wir uns nichts vor: Viel können wir eh nicht machen. Ich schlage vor, wir gehen jetzt da rauf und machen dem Dröll bei seiner Ansprache die Hölle heiß. Den Jubiläumsabend wird er nicht vergessen … Was? … Ja, ja, erst trinken wir einen.«

Samstag, 18 Uhr 25, Mailbox von Mats Enning

»Guten Tag. Sie sind mit EN-Connect in Berlin verbunden. Alle unsere Mitarbeiterplätze sind zur Zeit belegt. Hinterlassen Sie bitte eine Nachricht, wir rufen zurück. Hello, this is EN-Connect in Berlin. We are busy at the moment. Please leave a message after the beep.″

Piep

»Hallo Mats! Julia hier. Du bist echt ein toller Eventmanager: nie zu erreichen, immer nur die Mailbox. Läuft so viel schief? Oder musst du gerade mit jemandem ins Bett? Na egal, ich wollte dir nur sagen, dass das hier eine wunderbare Hochzeit ist und ich schon jetzt mehr Spaß habe als in den letzten anderthalb Jahren mit dir. Mein Tischnachbar ist übrigens Thomas Bienwald. Du weißt schon, der aus deiner Klasse, den du nie ausstehen konntest. Ich weiß jetzt auch warum: Er ist nämlich ein erfolgreicher Kieferchirurg mit eigener Klinik. Außerdem ein äußerst charmanter Gesprächspartner, unglaublich witzig und geistreich. Da fällt es einem kaum auf, dass er auch noch großartig aussieht. Morgen holt er mich mit seinem offenen Porsche ab, und wir machen ein Picknick an der Galopprennbahn. Da starten seine Pferde. Er meinte, ich dürfte ruhig wieder so ein kurzes Kleid anziehen wie heute. Am Montag lasse ich meine Sachen bei dir abholen. Zwei Jungs aus Thomas´ Klinik kommen mit einem Wagen bei dir vorbei. Er ist so hilfsbereit. Ich muss aufhören. Gerade kommt Thomas mit einer Flasche Champagner, und ich muss mich ein bisschen um ihn kümmern.

Er ist nämlich seit kurzem wieder solo und braucht jetzt eine Schulter zum Anlehnen. Na ja, du hast ja sicher auch eine tolle Zeit in deinem Schnitzelhotel. Leb wohl, Mats!«

Piep

Samstag, 18 Uhr 50, Zimmer 304 (Mats Enning)

»Gleich geht´s los, Mats. Bin gespannt, was Dröll zur Begrüßung sagen wird.«

»Das übliche Blabla: tolle Mitarbeiter, müssen sich mehr anstrengen und so weiter. Die Bombe will er erst platzen lassen, wenn der Vertrag unterschrieben ist. Wenn er sich da mal nicht verrechnet.«

»Guck mal, da unten: Da liefert irgendein Schwachkopf Hunderte von Pizzakartons. Für wen sind die denn?«

»Erinnere mich nicht daran, Eva. Das ist das Gala-Dinner. Ich will sterben.«

»Dein Handy hat übrigens gepiepst, als du in der Lobby warst.«

»Ich hörs mal ab … Aha … Mhm … So, so.«

»Was Schlimmes?«

»Nein, nein, nur super Nachrichten. Lass uns rübergehen zum Kongresssaal.«

»Ich hab Angst, Mats. Nimm mich mal in den Arm bitte.«

»Komm her ... wird schon.«

**Samstag, 19 Uhr, Kongresssaal
des Selina Kur- und Kongresshotels**

»Hey! Guten Abend! Wir sind Zirby und Weus. Sie kennen uns sicher aus der Zirby & Weus-Show bei Soundantenne FM. Wir zwei werden Sie heute durch diesen Abend führen. Und eins ist klar, wir werden jede Menge Spaß haben.«

»Da sagst du was, Zirby. Deshalb ruf ich auch gleich mal in die Runde: Seid ihr gut drauf? ... Hmm. ich würde sagen, da geht noch was in Sachen Stimmung, oder Zirby?«

»Klar, Weus. Aber ich mach mir da keine Sorgen, weil wir haben pures Gagdynamit dabei. Aber wow, hey, jetzt gibt´s gleich schon mal den ersten Höhepunkt. Hier kommt der Mann, der den großen Käse hat bei Nosotis, der Top-Obermotz aus der Vorstandsetage, El Chefe, Applaus für Doktor Ulrich Drull! ... Na gut, dann klatschen halt nur wir zwei, oder Weus?«

»Na klar, Zirby. Klatscherchen für den großen Drull.«

**Samstag, 19 Uhr 30, Kamin-Lounge
des Selina Kur- und Kongresshotels**

Samstag. Ich musste da raus. So was habe ich noch nie erlebt. Irgendjemand muss diesen Nosotis-Leuten was von

Dodo und der Übernahme erzählt haben. Mannomann haben die den Dröll ausgepfiffen. Nicht dass er es nicht verdient hätte, aber die ganze Sache läuft jetzt total aus dem Ruder. Gebrüllt hat der wie ein Wahnsinniger. Und die da unten sahen aus, als würden sie ihn gleich lynchen. Nach fünf Minuten ist er regelrecht geflohen. Aber Dröll ist nicht der Typ, der sich davon beeindrucken lässt. Wenn wir es nicht verhindern, wird er die Sache durchziehen. Für Mats ist das Ganze natürlich auch ein Desaster. Die Außendienstler werden sich jetzt erst recht zuschütten. Bin gespannt, was passiert, wenn die kalte Pizza kommt. Aber das Schlimmste sind diese zwei Hey-Wow-Idioten vom Radio. Absolut unterirdisch. Wie konnte Mats die engagieren? Und dieser Manager: Guckt mir in den Ausschnitt und fragt, ob die echt sind! Ich geh da nicht wieder rein. Was Dodo jetzt wohl macht? Wahrscheinlich hockt er mit Dimitri in seiner Suite und trinkt einen Wodka nach dem anderen. Ich kann ihm nicht helfen. Ich nicht mehr.

Samstag, 20 Uhr 7, Kongresssaal des Selina Kur- und Kongresshotels

»Hey, Zirby, guck mal: Jetzt kommt der Hauptgang vom Gala-Dinner. Der Salat war ja schon mal spitze.«

»Da sagst du was, Weus. Echt wow. Und wenn ihr da unten jetzt auf eure Tischkärtchen guckt, dann lest ihr da Wiener Schnitzel vom Kalb, mit Pommes Frites und marktfrischem Gemüse. Wer will denn so was?«

»Genau, Zirby, kein Mensch will so was. Und deshalb haben wir was viel Besseres für euch. Wow! Hier kommt eine obergeile, vollamtliche Quattro Stagioni-Pizza! Nicht irgend so ein kleines, rundes Teilchen. Nein! Es ist für jeden von euch die Family Size!«

»Kneif mich, damit ich´s glaube, Weus! Die Family Size?! Wow!
… Hey, Moment mal, ihr Spaßvögel!
… Ne, ne, nicht werfen!
… Ihr sollt die essen!
… Lasst den Scheiß!«

Samstag, 20 Uhr 20,
Suite von Alexej Abramow

»Dimitri!«

»Was ist, Alexej?«

»Sie ist doch Schlampe, oder?«

»Sicher, Alexej.«

»Mehr Wodka!«

»Ja, Alexej.«

Samstag, 20 Uhr 32,
Mailbox von Benjamin La Rue

`Guten Tag. Hello. Bon Jour! Das ist die Mailbox von Benjamin La Rue. Wenn Sie eine Nachricht für mich oder das Selina Kur- und Kon-`

gresshotel haben, sprechen Sie bitte nach dem Signalton. Vielen Dank.

Piep

»La Rue! Enning hier. Wenn Sie wollen, dass von Ihrem Dreckshotel morgen noch irgendwas steht, dann lassen Sie sofort den Weinkeller aufschließen. Ich hab gesehen, dass der Keller vom WKD versiegelt ist. Aber ich schwöre Ihnen, wenn die oben nichts mehr zu saufen haben, dann ist der WKD Ihr kleinstes Problem. Ich kann denen schlecht den billigen Lambrusco vom Pizza-Dienst einschenken, sonst machen die ´ne Frittenbude aus Ihrem Laden. Verdammt, La Rue! Wo stecken Sie eigentlich? Das sage ich Ihnen: Aus dieser Nummer kommen Sie nicht so leicht raus. Ich halte für dieses Armageddon nicht allein die Rübe hin. Penner!«

Piep

Samstag, 20 Uhr 45, Foyer des Kongresssaals

»Angie, willst du da rein?«

»Soll ich nicht, Mats?«

»Kommt drauf an. Wenn dir ein paar Knochenbrüche und Schürfwunden nichts ausmachen, dann geh ruhig rein.«

»Ist es so schlimm?«

»Schlimmer. Ich stehe hier und nehme Eintritt. Wann kriegt man schon mal ein solches Panoptikum von Zornigen, Unfähigen, Skrupellosen und Betrunkenen zu sehen?«

»Auf jeder Außendienstmitarbeitertagung.«

»Weißt du, was ich mich frage, Angie?«

»Was denn?«

»Woher wissen die da drin, dass Dröll den Laden verkaufen will?«

»Keine Ahnung. Wieso fragst du mich das?«

»Ja, wieso wohl?«

»Ich hab zu tun, Mats. Wir sehen uns später.«

»Ich glaube, man darf dich nie unterschätzen.«

»Nein, darf man nicht.«

Samstag, 21 Uhr 7, Kongresssaal des Selina Kur- und Kongresshotels

»Wow, super Stimmung da unten bei euch! Nix dagegen. Vielleicht könntet ihr da hinten in der Ecke es ein bisschen ruhiger angehen lassen. Lasst den Feuerlöscher doch mal hängen, und schaut mal her. Jetzt geht´s nämlich ab hier.«

»Da sagst du was, Zirby. Wir zwei sind nämlich nicht nur verdammt coole Radiostars, sondern auch zwei Top Zauberer. Voll die Illusion, Hey! Welchen unserer Supertricks packen wir jetzt aus, Zirby?«

»Mensch, Weus, wir nehmen unsere Nummero uno. Wir machen die Zersägte Jungfrau!«

»Ja, genau. Aber Moment mal, Zirby.«

»Was ist denn, Weus?«

»Wo nehmen wir denn in diesem Saal eine Jungfrau her? Ha, ha, ha!«

»Ha, ha, ha! Ich schmeiß mich weg, Weus. Das war ja wieder mal pures Gagdynamit. So Leute, noch ´ne Kleinigkeit: Wir sollen euch vom Top-Ober-Getränkemufti was ausrichten. Mach du das, Weus, ich muss mal schnell nach hinten.«

»Äh … also die Sache ist die: Ihr habt da auf eurer Getränkekarte den 2005er, diesen Pinot Noir aus dem Burgund, stehen. Das Stöffchen ist leider ein bisschen versickert. Aber, hey, damit das hier nicht die Sahara-Bar wird, haben wir schon den voll schlürfigen Ersatz für euch: ein echt korrekter Lambrusco der Supidupi-Klasse. Prost! Hey, lasst´s euch schmecken! Wow!

… Ne, ne, stopp!

… Hört mal, so geht das nicht!

… Leute, macht euch nicht unglücklich! Diese Zwei-Liter-Flaschen tun verdammt weh!

… Ahhh!!!«

Samstag, 21 Uhr 25, Gaststätte Zum weißen Stein, zwei Bundeskegelbahnen, Bad Lengental

»Noch einen! … Was? … Ja sicher ist das der siebte … Was geht´s dich an? … Mein Hotel? Ach hör doch auf! Scheißjob. Alles geht schief. Hoteldirektor? Von wegen. Ich bin doch der Arsch für alle. Weißt du, wie ich angefangen hab? Vor zwanzig Jahren. Kellner im Golfclub. Alles Arschlöcher. Porschewichser. Sehr wohl, die Dame. Das ist natürlich mein Versehen. Sie mögen die Lachsterrine nicht auf einem eckigen Teller, Sie mögen nur runde Teller. Sehr wohl. Zum Kotzen! Aber als Kellner hast du irgendwann Feierabend. Und ich? Ich, der große Hoteldirektor Benjamin La Rue, habe nie Feierabend. Einfach nie.«

Pip-Pip-Piiiiip

Da schon wieder ´ne Nachricht. Ich guck gar nicht hin. Wahrscheinlich Ratten im Restaurant. Oder die Tiefgarage brennt aus. Oder der Südflügel stürzt ein. Na und? … Noch einen! Ist doch eh alles egal. Wir werden doch sowieso verkauft … An wen? Irgend so ein Russe. Porschewichser! … Hast du was zu essen? … Was? … Schnitzel? Ne, ne, mein Lieber, nicht mit mir.«

Samstag, 21 Uhr 45, Zimmer 304 (Mats Enning)

»Und wenn sie uns gar nicht reinlassen?«

»Wir müssen das überfallartig machen, Eva: klopfen, Tür auf, rein und direkt loslegen.«

»Dodo hat zwei Leibwächter.«

»Wer?«

»Alexej. Zwei knallharte Typen, die früher beim KGB waren.«

»Die werden sich zurückhalten. Ich glaube kaum, dass dein Dodo vor laufender Kamera mit einer Schlägerei in Verbindung gebracht werden will. Hast du den Zeitungsartikel?«

»Ja, hab ich. Wird die Laumann uns helfen?«

»Glaub ich nicht. Los jetzt!«

Samstag, 21 Uhr 50, Seniorenresidenz Bella Vista, Zürich

»Ist es wirklich so aussichtslos?, fragte Hanni. Ja, ist es. Die Russen stehen schon kurz vor Berlin, erwiderte Nanni und ging zum Volksempfänger. Gut, dass wir hier auf dem Obersalzberg in Sicherheit sind. Kommt der Führer auch?, fragte Nanni plötzlich voller Sorge. Ihr wurde ganz eng in der Brust. Oh, Nanni, ich weiß es nicht. Wo soll das alles enden? Aber eins muss uns klar sein, Nanni, eine Kapitulation kommt nicht in Frage...«

»Major Wolfberg?«

»Jawoll! Sie stören mich in meiner Lesung, Schwester Hedwig.«

»Ich bin Schwester Ursula. Und Sie gehen jetzt ins Bett.«

Samstag, 22 Uhr, Suite von Alexej Abramow

»Guten Abend, alle zusammen. Für die Damen und Herren der Presse: Ich bin Doktor Ulrich Dröll, Vorstandsvorsitzender der Nosotis AG, und der Herr zu meiner Rechten ist mein guter Freund und Ihnen sicher wohl bekannte Geschäftsmann Alexej Abramow aus Moskau.

Zur Prozedur: Wir beide werden jeweils eine kurze Erklärung abgeben, und unmittelbar im Anschluss wird ein Vertrag unterschrieben. Ton- und Bildaufzeichnungen sind gestattet. Anschließende Fragen sind nicht vorgesehen. Schriftliche Informationen wird Ihnen die Leiterin unserer internen Kommunikation, Frau Laumann aushändigen. Sie steht auch ab Montag für Rückfragen zur Verfügung, sofern diese Fragen schriftlich an Nosotis gestellt werden.

Begrüßen möchte ich ferner noch das Team von Herrn Abramow und den Finanzvorstand der Nosotis AG, meinen guten Freund, Doktor Wilfried Buchlehner. Haben wir alle? ... Ach so. Der Herr zu meiner Linken ist Terence Dörflinger, ebenfalls aus unserer Kommunikationsabteilung. Er wird ein Protokoll erstellen und dieses Treffen dokumentieren. Dafür vielen Dank.

Meine Damen und Herren, wir sind heute hier zusammengekommen, um ein weiteres Kapitel in der Geschichte ...«

Samstag, 22 Uhr 4, Suite von Alexej Abramow

Protokoll

Vertragsunterzeichnung Nosotis/Abramow
29. September, Bad Lengental
Protokollführer Terence Dörflinger

22 Uhr

- *Herr Dr. Dröll (im Folgenden D.D.) eröffnet das Treffen mit der Vorstellung der Anwesenden (Liste anbei).*
- *D.D. bezeichnet das vorliegende Vertragswerk als »weiteres Kapitel in der Geschichte erfolgreicher deutsch/russischer Wirtschaftsbeziehungen«.*
- *D.D. legt die Geschäftszahlen der Nosotis AG vor (Tabelle anbei) und erläutert den Nutzen und die Perspektive eines umfassenden Investments.*
- *Herr Abramow (im Folgenden A.A.) bedankt sich für die Ausführungen von D.D. und äußerst sich positiv über seine bisherigen Investments in Deutschland: »Viel Geld gegebe und noch mehr Geld bekomme.«*
- *A.A. verlangt nach einem Wodka und bietet auch allen anderen Wodka an.*
- *Kurze Unterbrechung. Wechsel der Aufzeichnungskassette beim Reporter-Team von Blumberg TV.*

Samstag, 22 Uhr 8, Kongresssaal

»Kuckuck! Da sind wir wieder. Schön, dass ihr euch ein bisschen beruhigt habt. Wir wollen doch richtig Spaß haben, oder?«

»Da sagst du was, Zirby. Und um hier mal ein fettes Lächeln auf eure Lippen zu zaubern, haben wir jetzt einen echten Brüller für euch. Einen der besten Gags der 70er, 80er und 90er Jahre. Denn bei Soundantenne FM kriegt ihr den besten Gagmix. Also schnallt euch an! Zirby, deine Bühne!«

»Danke, Weus, aber bleib ruhig hier bei mir. Ich muss dich nämlich was fragen: Kennst du schon den? Kommt ein Mann in eine Metzgerei und sagt: Ich hätte gerne 150 Gramm Leberwurst, aber von der groben fetten. Sagt der Verkäufer: Tut mir leid, die hat heute Berufsschule. Ha, ha, ha !«

»Ha, ha, ha! Wahnsinn, Zirby. Unglaublich, wie du hier die Mega-Gags aus dem Ärmel schüttelst.«

»Vorsicht, Weus!!!«

»Wieso Vorsicht?«

»Da oben! Die Deckenplatte!«

»Oh.«

Samstag, 22 Uhr 9, Suite von Alexej Abramow

Protokoll

Seite 2

- *Kamera läuft wieder.*
- *A.A. begründet sein Investment bei Nosotis. Insbesondere dass unter dem internen Namen BMMO2 entwickelte*

Medikament gegen Demenz habe ihn zu diesem Schritt bewogen.

- *D.D. fügt hinzu, dass das Medikament in Indien bereits zugelassen und eine Einführung auf dem deutschen Markt nur noch eine Frage der Zeit sei. Er beglückwünscht A.A. erneut. »Sie sind ein Glückspilz, Alexej.«*
- *Auch Doktor Buchlehner (im Folgenden W.B.) gratuliert A.A.*
- *Ein Hotelangestellter kommt eilig hinzu. Er meldet, dass es im Kongresssaal ein Unglück gegeben habe. Kurze Unterbrechung.*

Samstag, 22 Uhr 10, Kongresssaal

»Kollegen, Lutz Bunge hier … ja, auch Freiwillige Feuerwehr. Ich brauche ganz schnell zwei Krankenwagen und einen Rüstwagen zum Selina Hotel. Eingang Kongresssaal. Ich hab hier heute Abend Dienst … Was? Ja, hier hat es einen Personenschaden gegeben. Zwei Typen vom Radio haben eine massive Deckenplatte abgekriegt. Sah schlimm aus. Beide bewusstlos. Puls stabil. Unter uns: War der erste Lacher heute Abend. Vergesst die Hydraulik-Blechscheren nicht. Was mache ich, wenn noch mehr von den Dingern runterkommen? … Ist gut. Ich warte auf euch.«

Samstag, 22 Uhr 15, Suite von Alexej Abramow

Protokoll

Seite 4

- *W.B. beendet seinen Vortrag über Entwicklung und Marktchancen von BMM02.*

- *Frage des Journalisten Kinzig (»Rheinisches Tagblatt«) wird nicht zugelassen.*
- *A.A. verlangt nach Wodka und bietet auch allen anderen Anwesenden Wodka an.*
- *D.D. bittet um Verständnis, dass Firmengründer und Hauptaktionär von Mallinckrott aus gesundheitlichen Gründen nicht anwesend sein kann.*
- *D.D. bittet A.A. zur Vertragsunterzeichnung.*
- *22 Uhr 21: Ein Mann und eine Frau platzen herein.*
- *Der Mann stellt sich den Anwesenden als Mats Enning (im Folgenden M.E.) vor und fordert, die Vertragsunterzeichnung zu stoppen. »Sofort aufhören! Dieser Mann hier, Doktor Dröll, ist ein Betrüger und Verbrecher!«*
- *Die Frau stellt sich als Eva Buchler (im Folgenden E.B.) vor und erklärt, die Lebensgefährtin von A.A. zu sein. Gewesen zu sein? Undurchsichtig. Sie erklärt weiter, dass BMMO2 in der Testphase in Indien zu neun Todesfällen geführt habe. Sie hält einen entsprechenden Zeitungsartikel aus Indien vor die Kamera.*
- *D.D. unterbricht E.B. scharf. Tumult. A.A. weist seinen Sekretär Dimitri Suljanow (im Folgenden D.S.) an, die Eindringlinge nach draußen zu geleiten. »Raus mit miese Schlampe und kleine Drecksack!«*
- *D.S. packt E.B.*
- *M.E. stürzt sich auf D.S. und wird von A.A. zurückgerissen.*
- *W.B. schreit (unverständlich).*
- *D.D. brüllt W.B. an.*
- *D.S. wirft E.B. und M.E. hinaus.*
- *Kurze Unterbrechung. Kassettenwechsel beim Blumberg TV-Team.*

Samstag, 22 Uhr 20, Kongresssaal

»…Loif is Loif! Nu-nu-nu-nu- nu! Loif is Loif! Nu-nu-nu-nu-nu! Loif is Loif!!« Yeah!

»Danke, Ricco! Wow! Hey, crazy Nosotis, ihr dürft ruhig applaudieren. Ich bin Charlie Reichenbacher von California Lightning, und das war unser erster Kracher heute Abend: ›Life is Life!‹ gesungen von Ricco the Voice!«

»Buhhhhh!!!!!«

»Und weiter geht´s hier Schlag auf Schlag! Seid ihr gut drauf?!«

»Nöööhhh!!!!

»Hey! Let´s party all night! Ich will eure Hände sehen!« … Ähhh … Moment mal! … Findet Ihr das witzig? … Ihr bleibt gefälligst da unten!! … Niemand kommt auf die Bühne!!! … Hört Ihr??!! … Ahhhhhhhh! Hilfe!!!!! Lasst uns abhauen, Männer!«

»Die schnappen wir uns, Krautweiß!!!«

Samstag, 22 Uhr 23, Flur vor der Suite von Alexej Abramow

»Mensch Mats, die haben uns nicht mal zugehört!«

»Doch, doch, glaub mir, die Fernsehleute haben Lunte gerochen.«

»Hoffentlich hast du recht.«

»Wir dürfen jetzt nicht aufgeben, Eva. Du gehst runter an die Rezeption und machst Kopien von dem Artikel. Jeder Pressemann muss den haben. Ich warte hier und fang die ab, wenn sie rauskommen.«

Samstag, 22 Uhr 25, Kongresssaal

»Kollegen! Noch mal Lutz Bunge hier, Kongresssaal Selina Hotel. Ihr werdet mich für verrückt halten, aber wir brauchen hier noch mal drei Krankenwagen … Nein, nicht die Decke, die hält. Hier war gerade eine Band auf der Bühne, unter uns, ohne Uniform wär ich auch auf die los … Ja, das Ganze ist hier schon ziemlich außer Kontrolle. Der Bandleader sieht nicht mehr allzu gut aus … ja, Puls stabil. Ich warte auf euch.«

Samstag, 22 Uhr 26, Flur vor der Suite von Alexej Abramow

»Ulrich, bist du hier irgendwo? Du musst noch mal mit den Hunden raus. Ulrich! Wo steckst du? Ich muss mit dir reden! … Wer sind Sie denn?«

»Mein Name ist Enning. Sie suchen jemanden?«

»Ja, ja, den Dröll. Kennen Sie den?«

»Ja klar, kenne ich den. Darf ich fragen, wer Sie sind?«

»Von Malinckrott.«

»Hans-Bernd von Mallinckrott?«

»Ja und. Kennen Sie Schwester Hedwig?«

»Nein.«

»Egal. Wo ist jetzt der Dröll?«

»Da drin. Er verkauft gerade Ihre Firma. Das wissen Sie doch, Sie haben doch zugestimmt.«

»Zugestimmt? Ich? An wen verkauft er?«

»An Alexej Abramow.«

»Der Russe? Er verkauft an einen Russen? Niemals! Der Iwan kriegt nix! Fragen Sie Schwester Hedwig.«

»Aber Sie haben doch einen Vertrag unterschrieben. Herr von Mallinckrott?«

»Einen Scheißdreck hab ich! Und wie denn? Dieser Dröll hat mir doch den Füller geklaut! Glaubt, ich merk das nicht. Und um die Hunde kümmert er sich auch nicht!«

Samstag, 22 Uhr 33, Suite von Alexej Abramow

Protokoll

Seite 4

- *D.D. und A.A. unterschreiben den Vertrag. Hände schütteln. Schulter klopfen.*
- *Frage des Journalisten Kinzig »Rheinisches Tagblatt« wird nicht zugelassen.*

- *A.A. verteilt Umschläge mit unbekanntem Inhalt.*
- *Pressefoto mit A.A., D.D. und W.B.*
- *Foto muss wiederholt werden, da W.B. nicht lächelt.*
- *A.A. verlangt nach Wodka und bietet allen anderen auch Wodka an.*
- *D.D. erklärt das Treffen für beendet und wünscht allen Anwesenden einen sicheren Heimweg.*
- *Beim Verlassen der Suite werden D.D. und W.B. erneut von M.E. aufgehalten .*
- *M.E. dringt in die Suite ein. Er ist in Begleitung eines alten Mannes.*
- *Der alte Mann ist Hans-Bernd von Mallinckrott (im Folgenden HBM).*
- *W.B. erleidet einen Nervenzusammenbruch und will sich aus dem Fenster stürzen.*
- *Fenster lassen sich nicht öffnen. Klimaanlage.*
- *E.B. stürmt in die Suite. Tumult.*
- *D.S. würgt M.E.*
- *A.A. trinkt und wirft die leere Flasche nach M.E.*
- *HBM erklärt, niemals einen Vertrag unterschrieben zu haben. Tumult.*
- *Hunde werden erwähnt. (unverständlich).*
- *W.B. beißt (!) D.D. ins Bein.*
- *E.B. stürzt sich auf D.S., der immer noch M.E. würgt (blau).*
- *D.D. schreit und spricht HBM die Zurechnungsfähigkeit ab. »Seniles altes Arschloch!«*
- *M.E. befreit sich, stürzt zum Schreibtisch und zerreißt den Vertrag.*
- *D.D. stürzt sich auf M.E. und würgt ihn.*
- *A.A. übergibt sich in Zimmerpflanze (Ficus?).*
- *W.B. isst zerrissenen Vertrag auf.*
- *Kassettenwechsel beim Blumberg TV-Team.*

Montag, 1. Oktober, Wohnung von Mats Enning

Montag. Letzte Seite. Witzig, dass ausgerechnet jetzt das Tagebuch voll ist. Mats ist Brötchen holen. Und Zeitungen. Die Nosotis-Geschichte ist angeblich überall auf der Seite 1. Im Morgenmagazin war es auch. Und sogar bei Youtube. Wenn´s nicht so traurig wäre, könnte man Tränen lachen: ein volltrunkener Russe und dazu schreiende und prügelnde Topmanager. Und mittendrin ich. Und Mats kann ganz schön einstecken. Der arme Kerl. Echt süß.

Der Nosotis-Kurs ist abgeschmiert. War kein Wunder, ohne das Geld von Dodo und vor allem mit der kriminellen Indien-Sache. Dröll ist zurückgetreten. Das wird ihm auch nichts helfen. Die Staatsanwaltschaft ist schon an der Sache dran. Buchlehner versucht anders, sich aus der Affäre zu ziehen. Er hat sich in eine Klinik in der Schweiz einweisen lassen und tut so, als hätte er nichts gewusst. Wenn ihn die Außendienstler nicht noch in der Tiefgarage erwischt hätten, wäre er vielleicht ganz ungeschoren davongekommen.

Die Blumberg TV-Leute haben noch wilde Szenen im Hotel gefilmt. Unglaublich! Marodierende Horden und eine Frau, die jedem ihre Brüste ins Gesicht gedrückt hat. Ganz unten.

Der alte von Mallinckrott nimmt sich angeblich einen Rechtsbeistand, um die Firmenleitung vorübergehend zu übernehmen. Ist wahrscheinlich eher eine Art Vormund. Die Laumann hat ihm den besorgt. Die kann offenbar gut mit dem Alten.

Dodo hat mir Blumen geschickt: weiße Rosen. Keine Karte. Weiß nicht, was ich davon halten soll.

Mats hat mich gefragt, ob ich nicht erst mal hier bleiben möchte. Er ist sehr vorsichtig. Will nix kaputt machen. Hab wenig Erfahrung mit der berühmten zweiten Chance. Mal gucken.

Montag, 1. Oktober, Aushang am Eingang der Nosotis-Werkskantine

Liebe Kolleginnen und Kollegen vom Außendienst,

bei der Abreise von den«Nosotis anniversary days« in Bad Lengental ist es zu Unregelmäßigkeiten gekommen. Die meisten Kollegen/innen haben nicht an der Rezeption ausgecheckt und sind einfach abgereist. Für die Rechnungsabteilung führt dies zu unnötiger Mehrarbeit.

Darüber hinaus haben folgende Kollegen Ihre Pay-TV-Rechnungen nicht bezahlt:

Krautweiß, Holger:
Freitag, 2 Uhr 20, »Gierige Lippen blutjunger Nymphomaninnen«
Freitag ,4 Uhr 10, »Kleine Luder, große Brüste«
Samstag, 3 Uhr 50, »Der Zureiter«

Remmler, Günter
Freitag, 4 Uhr 10, »Der Zureiter«
Freitag, 4 Uhr 50, »Gierige Lippen blutjunger Nymphomaninnen«
Samstag, 3 Uhr 50, »Pippi im Ficki-Fucki-Land«

Die betroffenen Kollegen werden gebeten, sich umgehend mit der Rechnungsabteilung (Durchwahl 3200) in Verbindung zu setzen.

Mit kollegialen Grüßen,
Barbara Timmse
(Controlling)

»Gelbe Karten, rote Karten – kein Problem, aber wie kommt am an WM-Karten?«

Sascha Zeus &
Michael Wirbitzky
ICH, ARTUR, ZWEI TICKETS
Die Geschichte des
Artur Stukakoff, der mit
seinem Sohn ein WM-Spiel
sehen möchte
Sachbuch
256 Seiten
ISBN 978-3-404-15484-5

Artur Stukakoff ist Russe. Seit elf Jahren lebt er mit seiner Familie in Deutschland. Seinen Sohn Alex liebt er über alles. Und Alex liebt Fußball. Einmal im Leben ein WM-Finale im Stadion zu sehen, das ist sein Traum. Also schickt Artur eine E-Mail an das Organisationskomitee.

Sicher, sein Deutsch ist immer noch nicht ganz perfekt, aber schließlich muss man dort nur ein paar Kästchen ausfüllen und Kreuzchen machen. Bleibt die Frage, warum Artur eigentlich keine Antwort kriegt. Und warum plötzlich seine Wohnung beobachtet wird. Und überhaupt: Warum tritt vier Monate später der Innenminister zurück?

ICH, ARTUR, ZWEI TICKETS ist eine unglaubliche Geschichte um Missverständnisse, Intrigen, Sex, Geld, Korruption, Terrorismus und … ein bisschen Fußball.

Bastei Lübbe Taschenbuch

»Hallo. Ich brauche Waffen, Munition und eine Bärenfalle.«

Bündnis für
sicheres Reisen (Hg.)
AUSLÄNDISCH
FÜR NOTFÄLLE
Ein Sprachführer
für Paranoiker
Sachbuch
208 Seiten
zweifarbig illustriert
ISBN 978-3-404-66421-4

Vermutlich sind Sie bisher völlig unvorbereitet verreist. Sicher, Sie haben ein Hotel gebucht und eventuell sogar die Reiseapotheke auf abgelaufene Haltbarkeitsdaten überprüft. Aber haben Sie sich auch nur ein einziges Mal mit den alltäglichen Gefahren Ihres Urlaubslandes beschäftigt? Wie reagieren Sie, wenn Sie in Schweden von einem Elch verfolgt werden, in Süditalien ins Fadenkreuz der Mafia geraten oder unter freiem Himmel eine Notamputation vornehmen müssen?

Ausländisch für Notfälle zeigt klar und leicht verständlich, wie Sie sich der jeweiligen Landesbevölkerung mitteilen, wenn es brenzlig wird.

Bastei Lübbe Taschenbuch